GIER SCHLUND

Leo Schwartz …

… und das tödliche Geheimnis

IRENE DORFNER

IRENE DORFNER

Copyright © 2017 Irene Dorfner
All rights reserved
ISBN: 9783744893961
Herstellung und Verlag: BoD – Books on Demand, Norderstedt
Lektorat: Felicitas Bernhart, D-84549 Engelsberg
Coverdesign: Vanja Zaric, D-84503 Altötting

„Die Gier ist das Muttertier vom Goldenen Kalb."

Manfred Hinrich (1926 - 2015)
Dr. phil., deutscher Philosoph und Schriftsteller

Die Personen und Namen in diesem Buch sind frei erfunden. Ähnlichkeiten mit lebenden oder verstorbenen Personen sind rein zufällig. Auch der Inhalt des Buches ist reine Phantasie der Autorin. Auch hier sind Ähnlichkeiten rein zufällig.
Die Örtlichkeiten wurden den Handlungen angepasst.

Meinen Lesern wünsche ich viel Spaß und Spannung auf der Spurensuche nach dem Täter mit Leo Schwartz & Co.

Irene Dorfner

GIERSCHLUND

1.

Der neunzehnjährige Noah Geiger gab alles. Er fuhr mit seinem alten, frisierten Mofa so schnell er konnte, aber das war nicht genug. Er musste Hilfe holen und durfte keine Zeit verlieren. Sein Smartphone hatte er nicht mitgenommen, das lag in Julians Wagen. Er und sein bester Freund Julian Brechtinger nahmen auf ihren nächtlichen Touren nichts mit. Das hatten sie vereinbart, nachdem sie vor acht Monaten einen Geldbeutel verloren aber zum Glück wiedergefunden hatten. Nichts sollte sie behindern oder vielleicht auch verraten. Julian und er fuhren nachts ab und zu mit ihren schrottreifen, nicht angemeldeten und auch nicht für die Straße zugelassenen Mofas auf verlassenem Gelände herum und hinterließen oft Schäden, die sie natürlich nie meldeten. Auch ihre uralten Mofas aus den achtziger Jahren wurden regelmäßig demoliert. Aber das war nicht schlimm, daran bastelten sie dann jede freie Minute, um sie für ihre nächste nächtliche Tour wieder fit zu machen. Niemand wusste von ihrem Hobby, das sie neben der Schule ausübten. Julian und er gingen aufs Gymnasium, nächstes Jahr hatten sie Abitur und danach sollte es auf die Uni gehen. Was sie studieren wollten, wussten sie noch nicht, darüber hatten sie sich nur wenige Gedanken gemacht und dafür war für ihre Begriffe auch noch jede Menge Zeit. Für die Mofas und alles, was dazugehörte, hatten sie in Burghausen eine Garage angemietet, die Kosten hierfür konnten sie locker aus ihren üppigen Taschengeldern bezahlen. Ihre Garage war ihr Reich, hier konnten sie ungestört an ihren Fahrzeugen basteln, was weder bei ihm zuhause, noch bei Julian möglich gewesen wäre. Ihre Familien hätten kein Verständnis für ihr Hobby gehabt. Für seine und für Julians Eltern, die alle sehr erfolgreich waren, stand die Schule im Vordergrund. Musikunterricht oder eine angesehene Sportart wäre noch akzeptabel gewesen. Das Herumschrauben an Mofas und die nächtlichen Touren gehörten nicht zu der Art von Zeitvertreib, die die Eltern für ihre Sprösslinge vorgesehen hätten. Heute Nacht waren sie wieder auf Tour gewesen. Das Gelände war geradezu perfekt für ihr Vorhaben. Bis Julian verunglückte.

Noah gab Gas. Er war fast alleine unterwegs. Normalerweise fuhren er und Julian immer auf Schleichwegen, die sehr viel länger waren. Aber dafür hatte er jetzt keine Zeit. Er musste weg und kam für seine Begriffe viel zu langsam voran. Die sternenklare Julinacht und der Vollmond spielten ihm zu, denn die Reifen hatten nur wenig Profil und die Beleuchtung war sehr spärlich. Für heute Nacht hatte Noah ein Gelände bei Burgkirchen ausgesucht, das mit einem angrenzenden kleinen Waldstück geradezu ideal für eine Challenge zwischen den beiden gewesen war. Wie immer hatten sie die Mofas in den Kofferraum von Julians Auto geladen, das jetzt auf einem Supermarktparkplatz in Burgkirchen stand, von wo aus sie weggefahren waren. Das war sein Ziel, dort wollte er hin. Der Autoschlüssel lag wie immer unter dem linken Vorderreifen.

GIERSCHLUND

Noah war nicht mehr weit entfernt. Er hatte vielleicht noch drei Kilometer vor sich, musste die Straße überqueren und dann konnte er endlich Hilfe holen.

Julian konnte er nicht helfen, dazu war er nicht in der Lage. Sein bester Freund war einfach im Boden verschwunden, mitsamt seinem Mofa. Das ging alles so schnell, dass er nicht reagieren konnte.

Noah war sofort zu ihm geeilt und konnte nicht fassen, welch tiefes Loch vor ihm lag. Wie sollte er da hineingelangen? Mehrmals rief er Julians Namen, aber der antwortete nicht. Irgendwie gelang es Noah, mit der lächerlichen Funzel seines Mofas in das Loch zu leuchten. Endlich sah er Julian und das Mofa auf einem Berg von Fässern. Sein Freund bewegte sich nicht. Noah war verzweifelt. Er rief und schrie, bis er sich endlich dazu entschloss, Hilfe zu holen. Dafür musste er zur Hauptstraße. Hier in dieser verlassenen Gegend gab es niemanden, der ihm helfen konnte.

Noah fuhr auf dem schmalen Feldweg, den er in der Dunkelheit kaum erkennen konnte. Er kam nur langsam voran, viel zu langsam. Vielleicht gab es noch Hoffnung für seinen Freund? Ständig hatte er das Bild vor Augen, wie Julian leblos in der Grube lag. Sein erster Gedanke war, dass er tot sein musste, und daran dachte er auch jetzt. Nein, das durfte nicht sein!

Noah merkte nicht, dass er weinte. Er konnte die Straße noch nicht sehen, die er zu überqueren hatte. Auch das beleuchtete Firmenschild des Supermarktes tauchte immer noch nicht auf.

Dann hörte er hinter sich einen Wagen. Konnte das wahr sein? Noah konnte sein Glück kaum fassen und hielt an. Er stieg ab und ging winkend auf den Wagen zu, der viel zu schnell fuhr.

Dann gab es einen fürchterlichen Knall.

2.

„Unfall mit Todesfolge", war die knappe Auskunft des vierundfünfzigjährigen Hans Hiebler, als er auflegte.

„Was hat die Mordkommission damit zu tun?", maulte Viktoria Untermaier, die die Vertretung der erkrankten Tatjana Struck immer noch innehatte. Aber nicht mehr lange, und die Kollegin kam zurück, was Viktorias Zeit im bayerischen Mühldorf am Inn endlich beendete.

„Anweisung vom Chef. Offenbar zweifeln die Kollegen vor Ort an der Unfalltheorie, die Spurensicherung ist unterwegs", fügte Hans an, dem der Grund des Einsatzes gleichgültig war. Das war allemal besser als diese stumpfsinnige Büroarbeit, zu der sie der Chef verdonnert hatte. Das Wetter war viel zu schön, um die Zeit im Büro zu verbringen.

Der zweiundfünfzigjährige Leo Schwartz sprang sofort auf. Er dachte ähnlich wie Hans, dem er sich sofort anschloss, um nicht mit Viktoria fahren zu müssen. Noch immer mied er so gut es ging den direkten Kontakt mit ihr, auch wenn er sich bemühte, höflich und freundlich zu ihr zu sein. Viktoria und er waren bis zu ihrem Weggang nach Berlin, wo sie einen vermeintlich besseren Job angetreten hatte, ein Paar gewesen. Dann war sie auf einmal wieder aufgetaucht, um die Vertretung der Kollegin Struck zu übernehmen, was ihm überhaupt nicht schmeckte. Leo hatte lange gebraucht, um über sie hinwegzukommen – und dann stand sie plötzlich wieder vor ihm. Ja, sie hatten sich auch auf Anweisung des Chefs und der der Kollegen zusammengerauft, was Viktoria sehr viel besser umsetzen konnte als er. Zum Glück dauerte es nicht mehr lange und Tatjana Struck war wieder einsatzbereit.

„Na gut, dann fahren wir", maulte Viktoria immer noch, der die Hitze der letzten Tage sehr zusetzte. Sie war für eine derart lange Vertretung klamottentechnisch nicht ausgerüstet, weshalb sie seit Wochen immer wieder dieselben T-Shirts trug, bei denen es sich nicht lohnte, dass sie sie bügelte, obwohl sie in ihrem Pensionszimmer diesbezüglich sehr gut ausgestattet war. In regelmäßigen Abständen hatte sie beantragt, die Vertretung abzubrechen und wieder nach Berlin gehen zu dürfen, aber das wurde nicht genehmigt. Sie wusste nicht, dass der Mühldorfer Polizeichef Rudolf Krohmer seine Finger im Spiel hatte und das verhinderte. Er hätte sich erneut um eine Vertretung kümmern müssen, was für die kurze Zeit sehr schwierig geworden wäre. Eine unzufriedene Vertretung war für Krohmer allemal besser als gar keine.

Dem zweiundvierzigjährigen Werner Grössert schien die Hitze nichts auszumachen. Er trug wie immer einen Anzug und eine farblich abgestimmte Krawatte; alles vom Feinsten. Werner sah eher aus wie ein Model als ein Kriminalbeamter. Viktoria rümpfte die Nase, denn optisch passten sie und Werner, zu dem sie in den Wagen stieg, überhaupt nicht zusammen.

„Warum schwitzt du nicht? Manchmal denke ich, du kommst von einem anderen Stern."

„Keine Ahnung. Vielleicht die Gene", lachte Werner, der sich um Witterungsverhältnisse noch nie Gedanken gemacht hatte. Er konnte das sowieso nicht beeinflussen, warum sollte er sich dann darüber aufregen oder auslassen?

Die Fahrt nach Burgkirchen ging an Teising, Altötting und Kastl vorbei. Alles Orte, die Viktoria bekannt waren. Nicht mehr lange, und sie war wieder zurück in Berlin, wo sie sich nicht willkommen fühlte. Die neuen Kollegen und Nachbarn waren höflich und freundlich – mehr aber auch nicht. Warum war sie nur so dumm gewesen und hatte ihre Heimat für einen Job aufgegeben? Je länger sie hier war, desto wohler fühlte sie sich, was auch an dem freundlicheren Umgang mit Leo lag, mit dem sie sich immer besser verstand, auch wenn sie seine vorsichtige Art spürte. Trotzdem wollte sie weg, je eher desto besser. Sie befürchtete, sich zu sehr an die alte Heimat zu gewöhnen.

Die Kriminalbeamten sahen den Tatort schon von Weitem. Nicht nur das große Polizeiaufgebot war auffällig, sondern auch die riesige Menschentraube, die sich darum gebildet hatte. Die Fahrzeuge der Neugierigen parkten links und rechts am Fahrbahnrad, was nicht erlaubt war. Hans bahnte sich den Weg durch die Menschenmenge, die darüber nicht erfreut war. Niemand wollte seinen Platz räumen. Endlich konnte Hans seinen Wagen abstellen, was von vielen meckernd kommentiert wurde, denn dadurch verloren einige die gute Sichtposition.

Werner fand keinen Parkplatz.

„Lass mich das machen", sagte Viktoria und stieg aus. Sie ging auf einen Wagen zu, der sich eben mit Mühe in eine enge Lücke gequetscht hatte.

„Sie wissen, dass Sie hier nicht parken dürfen?"

„Das geht dich einen Scheißdreck an", raunte der Fahrer sie an, der sich aufgrund seines hohen Alters kaum auf den Beinen halten konnte.

Viktoria stellte sich ihm in den Weg und zückte ihren Dienstausweis. Der Mann blieb erschrocken stehen.

„Kriminalpolizei?"

„Fahren Sie freiwillig weg oder wollen Sie das volle Programm?"

Der Mann drehte sich um und setzte sich in seinen Wagen. Nachdem er umständlich ausgeparkt hatte, fuhr er weg.

„Die Lücke ist frei", sagte sie zu Werner, der amüsiert zugesehen und zugehört hatte. „Ich gehe zum Tatort. Sei so gut und kümmere du dich um das Chaos hier."

Werner rief zwei Uniformierte zu sich.

„Die Fahrzeuge müssen weg. Sie beide werden mich dabei unterstützen."

„Ist das Ihr Ernst? Was glauben Sie, was dann los ist? Die Leute interessieren sich für das, was passiert ist, das kann man doch verstehen. Vor allem, weil hier sonst quasi nie etwas los ist. Ich weiß, wovon ich spreche, ich wohne selbst in Burgkirchen."

„Ich habe kein Verständnis für Gaffer, die sich am Unglück anderer erfreuen und unsere Arbeit erschweren. Sie machen die Fahrer dieser Fahrzeuge ausfindig und fordern sie auf, umgehend wegzufahren."

„Und wenn die sich weigern?"

„Dann rufen Sie den Abschleppwagen."

Werner ging zu den Gaffern.

„Was für ein arroganter Arsch", sagte der Polizist zu seinem Kollegen.

„Das habe ich gehört", rief Werner, ohne sich umzudrehen.

Friedrich Fuchs, Leiter der Spurensicherung, war vor den Kriminalbeamten eingetroffen. Er gab am Tatort den Ton an und kümmerte sich persönlich darum, dass das Absperrband korrekt und vor allem weit genug angebracht wurde. Dabei ging es nicht nur um den Toten und das Mofa, sondern auch um den Feldweg, der jetzt nicht mehr betreten werden durfte. Die Schaulustigen, die von Fuchs, seinen Mitarbeitern und uniformierten Polizisten zurückgedrängt wurden, mussten von den Feldern aus rechts und links des Feldwegs zusehen. Pöbelnde Gaffer wies Fuchs harsch zurecht, seine Mitarbeiter machten es ihm gleich. Es dauerte nicht lange, und alle hatten einen Heidenrespekt vor der Spurensicherung, die in ihren Schutzanzügen beeindruckend aussahen. Fuchs kümmerte sich darum, dass Tücher um die Leiche gehängt wurden, womit dem Toten ein Mindestmaß an Respekt entgegengebracht werden konnte. Das wurde zwar mit Murren von den Umstehenden quittiert, aber man hatte im Grunde genommen Verständnis dafür.

Fuchs und seine Mitarbeiter konnten sich endlich an die Arbeit machen.

Die Kriminalbeamten waren zwar später angekommen, aber für Fuchs waren sie trotzdem zu früh vor Ort. Er brauchte Ruhe bei seiner Arbeit und wie so oft gab er erst Informationen raus, wenn er dazu bereit war. Und das konnte dauern.

Hans und Leo befragten derweil die Schaulustigen, von denen niemand etwas gehört oder gesehen hatte. Dem Einzelnen wäre es vielleicht peinlich gewesen, zugeben zu müssen, dass er hier nur der Neugier wegen stand. Aber in der Gruppe war jeder stark, da es jedem gleich ging.

Viktoria befragte den Mann, der den Toten gefunden hatte. Karl Eberhardt war immer noch käsebleich. Der fünfundsechzigjährige Rentner streichelte seinen Hund, der fortwährend an der Leine zerrte und weitergehen wollte. Der braune Labrador war noch recht jung. Er verstand nicht, warum sein Herrchen seit nunmehr einer Stunde nicht weiterging, wie er es sonst immer tat.

„Sie haben den Toten gefunden?"

„Eigentlich hat mein Bertl die Leiche gefunden, ich habe lediglich die Polizei informiert. Wer rechnet denn bei einem harmlosen Spaziergang mit einer Leiche? Ich hätte gerne darauf verzichtet, das können Sie mir glauben. Ich wollte einfach nur mit meinem Hund spazieren gehen, mehr nicht. Da vorn lass ich ihn immer von der Leine. Er tobt über Wiesen und Felder. Das mag der Bauer nicht, aber das ist mir egal."

„Sie kennen den Landwirt?"

„Ja. Sein Name ist Hofberger, Michael Hofberger. Der Mann mag keine Hunde und vertreibt alle, aber bei mir beißt er auf Granit. Seine Drohungen und Beschimpfungen sind mir völlig egal. Die Gassi-Runden über die Felder und Wiesen sind herrlich. Hier kann mein Bertl herumtoben, so viel er will. Meinem Vierbeiner möchte ich die Freiheit geben, ohne Leine herumzutoben und die Welt zu erkunden, was hier geradezu ideal ist. Der Bauer konnte mit seiner schroffen Art viele erschrecken und hat sie vertrieben, mein Bertl und ich sind quasi allein unterwegs."

Viktoria konnte den Mann verstehen, auch wenn sie es nicht gutheißen durfte. Das hier war offensichtlich Privatgrund, Spaziergänger und vor allem Hundebesitzer mussten sich an die Anweisungen des Eigentümers halten. Aber deshalb war sie nicht hier.

„Ihr Hund hat die Leiche im Maisfeld gefunden. Wie muss ich mir das genau vorstellen?"

„Der Bertl hat gebellt wie verrückt. Ich dachte an einen Hasen oder vielleicht sogar an ein Rehkitz. Ich habe ihn gerufen, aber er kam nicht. Also bin ich hinterher. Dann sah ich die Leiche. Ich habe gleich gesehen, dass der tot ist. Der Anblick war schrecklich, den werde ich in meinem ganzen Leben nicht mehr vergessen."

„Haben Sie etwas angefasst?"

„Nein, das habe ich dem Polizisten bereits gesagt. Ich rief umgehend die 110 an und seitdem bin ich hier. Kann ich bitte gehen? Sie sehen ja, dass mein Bertl nicht der Geduldigste ist. Dafür, dass wir schon so lange hier sind, hält er sich wirklich prima. Nicht wahr, Bertl? Du bist ein ganz ein Braver!"

„Wir haben Ihre Personalien?"

„Selbstverständlich."

„Dann dürfen Sie gehen. Vielen Dank."

Viktoria hob das Absperrband und schlüpfte darunter durch. Sie sah sich um, was von Fuchs beobachtet und mit einem strafenden Blick quittiert wurde. Das war Viktoria gleichgültig. Sie besah sich alles sehr genau. Der Kollege, der die Kriminalpolizei informiert hatte, hatte richtig gehandelt. Auf dem Feldweg sah man deutlich Spuren eines Unfalls. Aber das Opfer und das Mofa passte nicht dazu, dafür lag beides zu weit entfernt. Außerdem konnte Viktoria die Schleifspuren mit bloßem Auge erkennen.

„Was haben Sie, Kollege Fuchs?"

„Ich bin noch nicht so weit! Warum müssen Sie mich immer bedrängen?"

„Weil ich sonst noch Stunden warten muss, und darauf habe ich keine Lust. Raus mit der Sprache: Was haben Sie?" Viktoria und Fuchs konnten sich noch nie richtig leiden, dafür waren die beiden zu unterschiedlich.

Fuchs war sauer. Die anderen Kriminalbeamten konnte er abwimmeln, aber mit der aktuellen Leiterin der Mordkommission durfte er nicht so umgehen. Auch wenn er die Kollegin Untermaier nicht besonders mochte, was auch auf die Kollegin Struck zutraf, die ähnlich penetrant war, musste er Auskunft geben.

„Zunächst weise ich darauf hin, dass meine Angaben nur vorläufig sein können, da ich noch nicht die Möglichkeit hatte, genauere Untersuchungen vorzunehmen, dafür war die Zeit zu kurz."

„Das ist mir klar. Was ist hier passiert, Fuchs? So, wie ich das sehe, wurde das Opfer angefahren. Danach wurden Opfer und Mofa in das Maisfeld geschleift."

„Richtig. Meines Erachtens muss das Opfer frontal angefahren worden sein. Die Geschwindigkeit des Unfallfahrzeuges dürfte nicht unerheblich gewesen sein. Bremsspuren sind quasi kaum vorhanden. Für mich sieht das nach Absicht aus."

„Sie meinen, er wurde von vorn angefahren? Er fuhr nicht mit dem Mofa?"

„Ja. Das Opfer muss so gestanden haben." Fuchs demonstrierte auf dem Feldweg stehend, wie der junge Mann angefahren worden sein musste. Unter den Schaulustigen wurde es mucksmäuschenstill. Endlich geschah etwas, das niemand verpassen wollte.

„Sind Sie sicher, Kollege Fuchs? Wenn ich mir das Mofa so ansehe, habe ich meine Zweifel", bemerkte Hans, der mit Leo und Werner hinzugestoßen war.

„Das Mofa sieht zwar schlimm aus, aber ich gehe nicht davon aus, dass es in den vermeintlichen Unfall involviert war. Sehen Sie, dass der Mofa-Ständer betätigt wurde?"

„Tatsächlich. Der Mofa-Ständer ist unten. Todeszeit?"

„Dafür muss das Opfer erst in die Pathologie."

„Nur eine vage Vermutung, mehr brauche ich nicht. Ist er heute Morgen gestorben, gestern Abend oder um Mitternacht?"

„Wenn ich die warme Nacht und die Umstände des Fundortes berücksichtige, würde ich eine vorläufige Todeszeit um circa zwei oder drei Uhr ansetzen. Aber das ist nur eine erste Einschätzung und muss bestätigt werden. Verlangen Sie jetzt bitte keine näheren Details, die zum Tod geführt haben, mehr werde ich dazu nicht sagen."

Leo machte eifrig Notizen.

„Hatte das Opfer Papiere bei sich?"

„Leider nicht."

„Das Kennzeichen des Mofas?"

„Negativ. Das Schutzblech sieht nicht danach aus, als ob in letzter Zeit ein Kennzeichen angebracht gewesen wäre."

Leo sah sich das Opfer zum ersten Mal an.

„So ein junger Mensch. Ich schätze das Alter auf etwa zwanzig."

„Ja, so würde ich ihn auch einschätzen. Die genauere Beschreibung ersehen Sie selbst, dafür brauchen Sie mich nicht. Und wenn Sie mich jetzt entschuldigen würden? Es gibt noch viel zu tun."

Die Fahrzeuge der Schaulustigen fuhren eines nach dem anderen davon. Niemand wollte, dass sein Wagen abgeschleppt werde, das ging dann doch zu weit. Außerdem ließ das Interesse nach, nachdem man die Leiche durch die vielen Tücher nicht mehr sehen konnte und auch die Kriminalpolizei Anstalten machte, wieder zu fahren. Es dauerte nicht lange, und es standen nur noch Wenige hinter dem Absperrband.

„Wir geben ein Foto des Toten und eine Beschreibung in die Presse. Parallel müssen wir die Vermisstenmeldungen durchgehen", sagte Viktoria, der die ganze Sache nicht gefiel. Warum wurde das Opfer frontal angefahren? War es wirklich Absicht, wie Fuchs vermutete? Es war mitten in der Nacht, vielleicht hatte der Fahrer den jungen Mann nicht gesehen. Aber warum hatte das Mofa kein Kennzeichen?

Ein Mann beobachtete alles mit einem Fernglas aus sicherer Entfernung. Er hatte nicht damit gerechnet, dass die Leiche und das Mofa so schnell gefunden wurden. Scheiß Köter!

3.

Am frühen Nachmittag meldeten sich die Eltern des Opfers, die von Schülern auf die Suche der Kriminalpolizei, die auch Online erschien und sich sehr schnell verbreitete, aufmerksam gemacht wurden. Das Ehepaar Geiger war völlig aufgebracht und stellte abwechselnd eine Frage nach der anderen.

„Ist das Ihr Sohn?" Leo legte mehrere Fotos auf den Tisch, die Fuchs persönlich gemacht hatte.

„Ja, das ist unser Noah. Wer hat ihn getötet? Haben Sie den Mörder?" Bettina Geiger war außer sich. Sie zitterte und kratzte sich ständig am Unterarm.

„Zunächst gehen wir von einem Unfall aus", sagte Leo, auch wenn das vielleicht nicht der Wahrheit entsprach.

„Wer ist der Unfallverursacher? Wer hat ihn überfahren? Suchen Sie den, der meinen Jungen auf dem Gewissen hat. Hat er leiden müssen? Wo ist er? Kann ich ihn sehen?"

„Wir sind erst am Anfang unserer Ermittlungen. Ihr Sohn wird gerade obduziert."

„Das dürfen Sie nicht! Alexander, sag der Polizei, dass sie nicht an unserem Sohn herumschnippeln sollen!"

„Die Polizei macht nur ihre Arbeit, bitte beruhige dich."

„Ich bin doch Noahs Mutter. Können Sie nicht verstehen, dass eine Obduktion für mich unerträglich ist?"

„Doch, das verstehe ich, aber eine Obduktion ist in diesem Falle Vorschrift. Darf ich Ihnen Fragen stellen? Sind Sie dazu in der Lage?"

„Entschuldigen Sie bitte. Selbstverständlich können Sie Ihre Fragen stellen."

„Sie wohnen in Burghausen?"

„Ja."

„Was wollte Ihr Sohn in Burgkirchen?"

„Das weiß ich nicht. Weißt du, was Noah dort wollte, Alexander?"

„Nein. Woher soll ich das wissen?"

„Ihnen ist nicht aufgefallen, dass Ihr Sohn nicht zuhause war?"

„Nein. Noah war oft nachts unterwegs. Er ist neunzehn und somit erwachsen. Wir haben unserem Sohn immer alle Freiheiten ermöglicht."

„Sie haben ihn auch heute Morgen nicht vermisst?"

„Nein!" Alexander Geiger schien genervt. „Ich musste früh in die Firma und meine Frau hatte einen Arzttermin. Wir haben unseren Sohn heute Morgen nicht gesehen. Das ist nicht ungewöhnlich, das kommt vor."

„Der Unfall geschah etwa gegen zwei Uhr nachts in einer gottverlassenen Gegend. Was denken Sie, wollte Ihr Sohn dort? Was hatte er vor? War er allein unterwegs?"

„Das weiß ich nicht! Noah sagte gestern Abend, dass er sich mit Julian treffen wollte."

„Julian?"

„Julian Brechtinger, er wohnt ebenfalls in Burghausen, in der Robert-Koch-Straße. Er und unser

Sohn sind seit vielen Jahren die besten Freunde. Die beiden gehen in dieselbe Klasse und verbringen die Freizeit gemeinsam", erklärte Frau Geiger.

Hans machte Notizen. Von den Eltern erfuhren sie über den nächtlichen Ausflug ihres Sohnes nichts, vielleicht konnte Julian mehr dazu sagen. Hans ging nach draußen und sprach mit Viktoria, die sofort bei der Familie Brechtinger in Burghausen anrief. Dort meldete sich niemand. Werner rief in der Schule der beiden an und bekam die Auskunft, dass auch Julian Brechtinger heute nicht zum Unterricht erschienen war. Als Viktoria das hörte, wurde ihr schlecht.

„Jetzt mal' den Teufel nicht an die Wand", sagte Werner, der immer positiv dachte und selten mit dem Schlimmsten rechnete.

Derweil ging die zähe Befragung mit dem Ehepaar Geiger weiter.

„Was ist mit dem Mofa? Warum hat es kein Versicherungskennzeichen?"

„Unser Sohn hatte kein Mofa, wie kommen Sie auf diese Idee? Hast du je davon gehört, Alexander?"

„Nein."

Leo schob ihnen Fotos zu, auf denen das Mofa deutlich zu erkennen war.

„Dieses alte Ding soll unserem Sohn gehört haben? Niemals! Was sollte er damit? Wir haben Noah zu seinem achtzehnten Geburtstag ein Auto geschenkt, damit fährt er täglich. Was soll er mit einem uralten, demolierten Mofa? Damit fahren doch nur Proleten, die sich einen Wagen nicht leisten können", sagte Alexander Geiger eine Spur zu überheblich.

Die Unterhaltung mit dem Ehepaar Geiger brachte nicht viel. Nach ihrer Aussage war ihr Sohn ein fleißiger und überall beliebter junger Mann, der keine Feinde hatte und mit dem es niemals Ärger gab.

Die Kriminalbeamten sahen dem Ehepaar Geiger hinterher, wie sie davonfuhren.

„Es ist immer besonders schlimm, wenn Eltern Kinder verlieren. Ich möchte nicht in deren Haut stecken."

Leo und Hans übernahmen die Befragung von Julian Brechtingers Eltern. Die beiden fuhren zuerst zu der Firma des Vaters, Markus Brechtinger, bei dem sie sich telefonisch angemeldet hatten. Brechtinger leitete ein mittelständisches Baugeschäft mit zwölf Angestellten, zu denen seine Frau nicht zählte. Sie hatte sich vor einigen Jahren mit einem Maklerbüro selbständig gemacht, das - wie das Baugeschäft ihres Mannes - sehr gut lief.

Leo und Hans waren überrascht, dass Roswitha Brechtinger im Büro ihres Mannes anwesend war. Sie stand mit verschränkten Armen direkt neben ihrem Mann. Auch gut, dann konnten sie sie gemeinsam befragen. Das Ehepaar Brechtinger schien sehr gespannt darauf, was die Kriminalpolizei von ihnen wollte. Die schlechte Stimmung konnte man spüren. Es schien, als hätten sich die beiden gerade gestritten.

„Wir suchen Ihren Sohn Julian", begann Leo vorsichtig.

„Warum? Was wollen Sie von ihm", sagte Roswitha Brechtinger viel zu laut. Die Frau war auf Krawall gebürstet.

„Was hat er angestellt?", lachte Markus Brechtinger. „Ich hoffe nichts Schlimmes. Soll ich unseren Anwalt anrufen?"

„Wo finden wir Ihren Sohn?"

„Er war heute Nacht nicht zuhause, was ab und zu vorkommt. Julian wird in drei Wochen neunzehn. In dem Alter ist es nicht ungewöhnlich, dass man seine eigenen Wege geht. Julian ist um diese Zeit längst in der Schule. Worum geht es? Warum sind Sie hier? Was werfen Sie unserem Sohn vor?" Roswitha Brechtingers Ton wurde schärfer.

„Sie wissen, was mit Noah Geiger geschehen ist?"

„Mit Noah? Was ist mit ihm?"

„Er ist tot. Er wurde heute Nacht überfahren."

„Noah ist tot?", rief Frau Brechtinger und sah ihren Mann erschrocken an.

„Leider ja." Leo vermied es, von Mord zu sprechen.

Für einen kurzen Moment war es still.

„Wo ist mein Sohn? Was ist mit ihm?", rief Frau Brechtinger. Nach dieser Schreckensnachricht machte sie sich große Sorgen.

„Bitte beruhige dich." Markus Brechtinger war aufgesprungen und nahm seine Frau in die Arme. Der riesige, korpulente Mann strahlte eine angenehme Ruhe aus, die sich jedoch nicht auf seine Frau übertrug. Sie stieß ihn rüde von sich.

„Julian und Noah sind schon seit vielen Jahre die besten Freunde. Noah war wie ein zweiter Sohn für uns, er ging bei uns ein und aus. Er war sogar in vielen Urlauben dabei", erklärte Markus Brechtinger.

„Jetzt ist Noah tot", wiederholte Frau Brechtinger. „Was für ein Wahnsinn!"

„Was ist mit dem Ehepaar Geiger? Sind Sie auch mit ihnen befreundet?"

„Früher schon", sagte Frau Brechtinger und sah ihren Mann dabei an, der kaum spürbar den Kopf schüttelte.

„Und heute?"

„Heute nicht mehr."

Leo und Hans spürten, dass das einen triftigen Grund haben musste, wollten aber nicht weiterbohren. Es ging hier um die Söhne und nicht um die Differenzen der Eltern.

„Ihr Sohn war heute nicht in der Schule", sagte Leo vorsichtig.

Das Ehepaar Brechtinger war zuerst sprachlos, dann wurden beide panisch. Von Ruhe war nichts mehr zu spüren. Beide riefen mehrere Personen an und fragten nach ihrem Sohn, leider ohne Ergebnis. Roswitha Brechtinger weinte und war nicht zu beruhigen.

„Bitte suchen Sie nach meinem Sohn. Wir werden unsererseits alle befragen, die Kontakt zu unserem Sohn haben", rief Markus Brechtinger aufgeregt und wollte sich sofort an die Arbeit machen.

„Ich habe nur noch eine Frage", hielt ihn Leo zurück. „Auf dem Firmenschild steht Brechtinger & Müller. Ihnen gehört die Firma nicht allein?"

„Nein. Jochen Müller ist schon lange bei uns. Er hat sich vor vier Jahren finanziell in die Firma eingebracht. Ich selbst habe ihn ausgebildet und bin froh, dass ich auf ihn zählen kann. Er vertritt mich, wenn ich im Urlaub oder krank bin. Darüber hinaus übernimmt er sehr viele Aufgaben, die ich mir nicht mehr zutraue. Nach dem zweiten Bypass habe ich eingesehen, dass ich kürzertreten muss. Außerdem ist es mit Ende Fünfzig an der Zeit, etwas ruhiger zu werden. Wer weiß, wie viel Zeit mir noch bleibt."

„Wo finden wir Ihren Kompagnon?"

„Auf der Baustelle in Neuötting, Bahnhofstraße. Ich weiß zwar nicht, wie er Ihnen behilflich sein kann, aber bitte, reden Sie mit ihm. War es das jetzt? Ich möchte nach meinem Sohn suchen. Außerdem muss ich mich um meine Frau kümmern. Sie sehen ja, in welchem Zustand sie ist."

Die Fahrt ging direkt nach Neuötting. Leo und Hans brauchten nicht lange nach Jochen Müller suchen. Mehrere Fahrzeuge mit dem Firmenlogo parkten dicht an dicht. Jochen Müller stand vor dem Haus, an dem gerade gearbeitet wurde und diskutierte gestikulierend mit einem Mann, der sehr viel älter war als er. Leo und Hans waren bezüglich des Alters Jochen Müllers überrascht. Dieser war gerade mal dreißig Jahre alt. Die Kriminalbeamten wiesen sich aus und erklärten die Situation.

„Noah ist tot und Julian ist verschwunden? Um Gottes Willen! Was ist passiert?"

„Deshalb sind wir hier. Vielleicht haben Sie eine Ahnung, wo sich Julian aufhalten könnte."

„Woher soll ich das wissen? Ja, ich kenne Julian schon sehr lange, so wie auch Noah, aber ich weiß nie, wo sie sich herumtreiben."

„Wie ist Ihr Verhältnis zu der Familie Brechtinger?"

„Nicht nur gut, sondern sehr gut. Ich bin Markus' Geschäftspartner und ein enger Freund der Familie, der ich sehr viel zu verdanken habe. Früher hatte ich keine Lust auf Schule und Ausbildung. Als ich bei Markus anfing, glaubte ich nicht daran, dass ich dort bleiben würde. Arbeit war nichts für mich. Aber Markus hatte viel Geduld mit mir und hat mich unter seine Fittiche genommen. Er war ein sehr guter Ausbilder und dazu wie ein Vater für mich; mehr, als es mein eigener jemals war. Sie sehen ja, was aus mir geworden ist", fügte er nicht ohne Stolz hinzu.

„Sie haben sich in die Firma eingekauft?"

„Ja. Die Erbschaft meiner Großmutter und meine Ersparnisse haben zum Glück ausgereicht. Markus hat mich dazu ermutigt. Ich vermute, dass er mit seinem Sohn nicht als Nachfolger rechnet, dessen Interessen gehören nicht der Baubranche. Nach dem Abitur soll er studieren, das braucht er in unserem Gewerbe nicht zwingend. Verstehen Sie mich nicht falsch, wenn ich sage, dass Julian nicht für die Baubranche geschaffen ist. Er ist keiner von denen, die gerne mit den Händen arbeiten. Er verkriecht sich lieber hinter seinem Computer und seinen Büchern." Jochen Müller grinste.

Leo mochte den Mann nicht. Er war ihm zu glatt und einen Tick zu überheblich.

„Falls Ihnen etwas einfällt, rufen Sie uns bitte an."

Leo und Hans saßen im Wagen und atmeten tief durch.

„Was ist heute Nacht geschehen?"

„Das müssen wir herausfinden."

„Womit fangen wir an?"

„Beide Eltern sagten aus, dass die Jungs immer zusammen waren. Wir müssen die Gegend um den Unfallort absuchen."

„Du denkst, dass Julian dort irgendwo ist?"

„Keine Ahnung. Aber ich möchte mir später nicht den Vorwurf machen, nicht nach ihm gesucht zu haben."

„Willst du heute noch nach ihm suchen?"

„Auf jeden Fall."

4.

Bettina Geiger saß weinend auf der Bank vor dem Jägerhäusl im Kastler Forst. Immer wieder stand sie auf und blickte sich um. Endlich! Dort hinten kam er! Sie lief auf ihn zu und die beiden fielen sich in die Arme; dabei schluchzte Bettina und weinte hemmungslos.

Markus Brechtinger versuchte, sie zu trösten. Er sprach mit ruhiger Stimme, auch wenn ihm klar war, dass sie ihm nicht zuhörte. Er wusste, dass kein Wort der Welt den Schmerz dieser Frau lindern konnte.

Langsam beruhigte sich Bettina. Das war auch gut so, denn ein Radfahrer näherte sich und sie durften nicht in dieser Vertrautheit gesehen werden. Markus und Bettina hatten seit zwei Jahren eine Affäre, die vor zehn Monaten durch einen dummen Zufall aufgedeckt wurde. Die Ehepartner waren enttäuscht und wütend. Roswitha Brechtinger war sogar kurz davor, sich scheiden zu lassen und machte ihrem Mann vor den Augen ihres Sohnes eine heftige Szene. Sie gingen sogar zur Paartherapie, was für Markus reine Zeitverschwendung war, denn er liebte seine Frau schon lange nicht mehr und daran würde sich auch nichts mehr ändern. Er blieb nur wegen des gemeinsamen Sohnes, nur ihm zuliebe hielt er die ständigen Streitereien und Demütigungen aus, die lange vor Bekanntwerden der Affäre an der Tagesordnung waren. Markus Brechtinger hatte mit Bettina vereinbart, mit einem gemeinsamen Leben zu warten, bis beide Söhne mit der Schule fertig waren. Nur noch ein Jahr, und dann waren sie frei. Für Alexander Geiger war eine Scheidung nie eine Option gewesen, denn die würde sich eventuell negativ auf die Geschäfte auswirken, die in seinem Leben eine zentrale Rolle spielten. Trotzdem hatte ihn das Verhältnis zwischen seiner Frau und seinem besten Freund bis ins Mark getroffen. Seitdem gingen sich die Paare aus dem Weg.

Bettina Geiger und Markus Brechtinger sahen sich nach Bekanntwerden ihrer Affäre drei Monate nicht, bis es Markus nicht mehr aushielt und seine Geliebte vor dem Garchinger Schuhgeschäft abfing. Er konnte und wollte nicht ohne sie sein, zumal seine Frau noch schlimmer geworden war. Die dominante und bestimmende Art wurde durch Boshaftigkeiten und tägliche Sticheleien fast unerträglich. Markus schob abends oft Arbeit vor, um so spät wie möglich nach Hause gehen zu müssen, wo ihn seine fiese Frau erwartete und ihn wie so oft mit Demütigungen und Streitigkeiten drangsalierte. Am Morgen ging er sehr früh außer Haus und atmete tief durch, wenn er im Wagen saß und er endlich seine Ruhe hatte. Es kam nicht selten vor, dass Roswitha ihn kontrollierte, was ihm zusätzlich auf die Nerven ging.

Bettina wurde von dieser Behandlung zuhause verschont, allerdings war Alexander mit seiner Ignoranz und Schweigsamkeit auch nicht viel besser. Im Hause Geiger herrschte Totenstille, was ihr sehr aufs Gemüt schlug. War sie nicht selbst schuld daran?

Seit Markus sie angesprochen hatte, trafen sie sich alle zwei Wochen am Jägerhäusl im Kastler Forst, immer zur selben Uhrzeit. Ihnen blieb nie viel Zeit, außerdem mussten sie vorsichtig sein. Es gab keine Telefonate zwischen ihnen und keine Geschenke. Nichts durfte sie verraten. Die wenigen Augenblicke genossen sie und schöpften daraus die Kraft, die nächsten beiden Wochen zu überstehen.

„Ich war mir nicht sicher, ob du kommst, mein Engel. Wie geht es dir?"

„Wie soll es mir gehen? Mein Junge ist tot!" Wieder weinte sie und schmiegte sich dabei eng an ihren Geliebten, den sie am liebsten nie wieder losgelassen hätte. In seinen Armen fühlte sie sich geborgen.

„Noahs Tod tut mir sehr leid. Ich mochte den Jungen, er war wie ein zweiter Sohn für mich."

„Das weiß ich. Gibt es schon eine Spur von Julian?"

Markus schüttelte den Kopf. Jetzt kämpfte er mit den Tränen, was Bettina bemerkte. Sie küsste ihn.

„Lass es raus, Markus. Du kannst nicht immer stark sein."

Nun weinten sie beide und hielten sich aneinander fest.

„Was passiert mit uns?"

„Ich weiß es nicht."

Die Zeit ging wieder viel zu schnell vorbei. Sie hätten sich noch so viel zu sagen, aber dazu reichte die Zeit einfach nicht. Sie gestatteten sich nur eine halbe Stunde, die musste reichen.

Markus verabschiedete sich und sah Bettina hinterher. Er wollte ihr für die Beerdigung tröstende Worte mit auf den Weg geben, die er sich sorgsam zurecht gelegt hatte. Jetzt war es dafür zu spät, sie war weg.

Markus setzte sich in seinen Wagen. Tief im Inneren rechnete er bereits mit dem Tod seines Sohnes. Würde er je damit zurechtkommen, wenn sich das bestätigte? Julian war sein ganzer Stolz, er liebte ihn sehr. Er hatte ihn oft gegen seine zänkische Mutter in Schutz genommen, wenn sie wieder einen ihrer Anfälle hatte. Dafür hatte er selbst von ihr alles abbekommen, aber das war ihm immer gleichgültig gewesen. Julian! Was war mit ihm geschehen? Markus weinte und betete, auch wenn er kein gläubiger Mensch war. Er betete nicht nur, sondern flehte Gott an. Ein Jogger lief an seinem Wagen vorbei, weshalb er mit dem Gebet aufhörte und sich langsam wieder beruhigte. Markus nahm sich fest vor, einiges in seinem Leben zu ändern, wenn sein Sohn wieder gesund auftauchen sollte. Ja, das würde er machen. Natürlich würde er sich sofort von seiner Frau trennen, dafür war es schon längst höchste Zeit. Er würde seine Firmenanteile verkaufen und sich an einem schönen, ruhigen Platz ein neues Leben aufbauen. Noch war er nicht zu alt dafür, noch war Zeit genug. Aber das alles würde er nur machen, wenn er Julian wieder in seine Arme schließen konnte.

Mit einem Kloß im Hals fuhr er zur Firma. Dort stand der Wagen seiner Frau, die wie immer direkt vor der Eingangstür parkte, was er auf den Tod nicht ausstehen konnte. Das wusste Roswitha und deshalb ließ sie sich davon auch nicht abbringen.

„Wo kommst du her?", begrüßte Roswitha Brechtinger ihren Mann, der nicht darauf antwortete. Es war egal, was er sagte. So, wie seine Frau gerade drauf war, gab es sowieso Streit, deshalb sparte er sich die Energie. „Hast du mich nicht verstanden? Ich habe gefragt, wo du herkommst! Warst du wieder bei der Hure Bettina? Oder bei einer anderen? Fängt das Theater wieder von vorn an?"

Roswitha stand direkt vor ihm. Ihr Gesicht hatte sich zu einer Fratze gewandelt, die er einfach nur widerlich fand. Ja, er hatte eine Affäre und er war sicher nicht stolz darauf. Warum konnte seine Frau nicht ein wenig wie Bettina sein? Sie war herzlich, verständnisvoll und leise. Alles Eigenschaften, die seiner Frau völlig fremd waren. Sie schimpfte und zeterte, was natürlich die Angestellten mitbekamen, denn Roswitha schrie immer lauter. Markus schloss die Tür, was vermutlich nicht viel brachte.

„Was kann ich für dich tun?", fragte er, statt auf ihre Vorwürfe zu antworten, die er über sich ergehen lassen musste.

„Erinnerst du dich daran, dass wir einen Sohn haben, der verschwunden ist? Ich sorge mich um unseren Sohn, während du einfach zur Tagesordnung übergehst und fröhliche Ausflüge unternimmst. Was bist du nur für ein Mensch!"

„Was soll ich deiner Meinung nach tun? Ich habe nach Julian gesucht. Ich habe alle möglichen Leute angerufen und habe persönlich mit vielen gesprochen. Ich bin deiner Bitte nachgekommen und habe einen Privatdetektiv engagiert, obwohl ich nichts davon halte. Was soll ich noch tun? Zuhause sitzen und warten? Das kann ich nicht. Ich muss mich ablenken und das kann ich am besten mit meiner Arbeit."

„Natürlich geht deine Arbeit vor. Die war dir schon immer wichtiger als deine Familie." Es folgte ein weiterer Regen von Vorwürfen, die Markus wieder kommentarlos über sich ergehen ließ. Roswitha setzte sich, sie war erschöpft. Sie hatte Probleme damit, sich zu konzentrieren, daher konnte sie nicht arbeiten. Sie malte sich wegen ihres Sohnes die schlimmsten Szenen aus und wurde fast verrückt. Aber das sagte sie ihrem Mann nicht. Sie hatte von klein auf gelernt, stark zu sein und keine Schwäche zuzugeben.

„Warst du bei deiner Hure?", fragte sie jetzt leise und sah ihren Mann an.

„Nein, das war ich nicht", log er. Ja, er hätte die Wahrheit zugeben können. Das war eine dieser verpassten Gelegenheiten, seiner Frau endlich reinen Wein einzuschenken. Aber dafür war er zu feige. Außerdem war das nicht der richtige Zeitpunkt. Julian stand an erster Stelle, alles andere konnte später geklärt werden.

„Die Polizei hat Julian immer noch nicht gefunden. Wo könnte er sein?"

„Das weiß ich nicht. Ich bin mir sicher, dass er wohlbehalten wieder auftaucht."

„Alles spricht dagegen. Wie kannst du dir dabei sicher sein?"

„Weil ich nicht zulassen will, an das Schlimmste zu denken. Julian kommt gesund wieder." Das sagte Markus nicht nur zu seiner Frau, sondern vor allem zu sich selbst. Er musste fest daran glauben, dass Julian noch lebte, alles andere wäre Wahnsinn.

5.

Burgkirchen bekam an diesem Tag eine weitere Attraktion geboten, nachdem die Spurensicherung erst vor einer halben Stunde abgezogen war und auch die letzten Schaulustigen gegangen waren.

Unzählige Einsatzfahrzeuge fuhren kurz vor fünfzehn Uhr fast in einer Kolonne durch den kleinen Ort, der wunderschön zwischen Altötting und Burghausen gelegen war. Auf dem fraglichen Feldweg parkten die vielen Fahrzeuge. Eine Hundestaffel war angefordert worden, die sich ebenfalls in die Kolonne eingereiht hatte. Das Ereignis verbreitete sich wie ein Lauffeuer. Jeder Neugierige wurde am Beginn des Feldweges abgefangen, weshalb sich an der Straße und auf den Wiesen und Feldern rasch erneut eine riesige Menschentraube bildete. Auch die verkehrswidrig parkenden Fahrzeuge behinderten mehr und mehr den Verkehr, was zwei Polizisten versuchten, in den Griff zu bekommen.

Das Absperrband war die Grenze für Schaulustige, hier ging es nicht weiter. Damit keiner diese Grenze überschritt, waren vier sehr große, kräftige und schwer bewaffnete Polizisten abgestellt worden, worum Viktoria gebeten hatte. Alle, sowohl Schaulustige, als auch die Kollegen, fanden das völlig übertrieben, aber das war Viktoria völlig egal. Die vier Polizisten machten einen sehr guten Eindruck auf alle, niemand wagte sich an ihnen vorbei – und das war es, was sie erreichen wollte. Die Suche musste ruhig und ohne Störung ablaufen, schließlich hatten sie dafür nicht viel Zeit.

Die Presse war ebenfalls vor Ort und machte unzählige Bilder, die mit der Zeit uninteressant wurden. Auch den Journalisten wurde der weitere Zutritt verwehrt, weshalb es keine neuen Fotomotive gab.

Werner und Viktoria trafen zuletzt ein. Sie mussten ihren Wagen auf dem Parkplatz des Supermarktes auf der anderen Seite der Straße parken und sich dann den Weg durch die Menschenmenge bahnen. Dabei kam Unmut auf, denn alle empfanden es als Frechheit, dass sich die beiden nach vorne drängelten. Erst, als Werner seinen Ausweis in die Luft hielt, machten einige Platz.

„Wo bleibt ihr denn?", rief Hans und winkte den beiden zu.

„Auf die Online-Presseinfo gingen jede Menge Hinweise ein. Einigen sind wir sofort nachgegangen."

„Und? Etwas Interessantes dabei?"

„Allerdings. Julian Brechtingers Wagen wurde gefunden, er stand auf dem Supermarktparkplatz dort hinten, wo wir auch parken mussten. Noah Geiger und Julian Brechtinger haben in Burghausen eine Garage angemietet, in der sie ihre Mofas untergestellt und auch repariert haben."

„Davon wussten die Eltern nichts?"

„Ihr habt sie ja gehört. Die wären sicher nicht mit der Freizeitbeschäftigung ihrer Söhne einverstanden gewesen. Ein Hinweis eines Mitschülers war noch interessanter. Offenbar gingen die beiden Jungs nachts mit ihren Mofas auf Tour. Sie suchten sich

Gelände aus, auf denen sie mit ihren Fahrzeugen herumheizen konnten."

„Motocross für Arme?"

„So in etwa."

Leo hatte den Ausführungen Viktorias interessiert zugehört. Allerdings drängte der Einsatzleiter des Suchtrupps darauf, endlich mit der Suche zu beginnen.

„Noch etwas?"

„Nein."

„Dann lasst uns gehen." Leo gab dem Einsatzleiter ein Zeichen, dann konnte es endlich losgehen.

Der heutige Juli-Tag war gnadenlos. In den Nachrichten wurde angekündigt, dass dies einer der heißesten Tage werden würde, wobei die 35°-Grenze überschritten werden dürfte. Viktoria schwitzte wie verrückt in ihrem dunklen T-Shirt und den schwarzen Jeans, ebenso wie Leo. Auch heute trug er seine Cowboy-Stiefel, Jeans und ein dunkles T-Shirt mit dem Aufdruck einer Rockband, die wenigstens einige der älteren Schaulustigen zu kennen schienen, denn sie unterhielten sich nicht nur darüber, sondern sangen einige Songs an. Unter normalen Umständen hätte sich Leo darüber gefreut, aber heute galt seine Aufmerksamkeit ausschließlich der Suche nach dem verschwundenen Jungen und nach Spuren, die eventuell erklären konnten, was in der Nacht passiert war. Hans machte die Hitze nicht viel aus, er liebte sie geradezu. Er war ganz in Leinen gekleidet, was er im Sommer bevorzugt trug. Eine leichte, helle Hose, ein weißes Hemd, an dem die Knöpfe für Leos Begriffe viel zu weit geöffnet waren. Dazu trug er helle Slipper, die für einen Gang über Felder und Wiesen denkbar ungeeignet waren. Außerdem umgab ihn heute wieder ein betörender Herrenduft, der neu sein musste. Werner fiel mit seinem hellen Anzug und der farblich passenden Krawatte völlig aus dem Rahmen. Aufgrund seines Aussehens hielten ihn die meisten für den Chef der Mordkommission, was weder ihn, noch die Kollegen störte.

Der Suchtrupp kam nur sehr langsam voran. Sie gingen in einer breiten Kette, der eine weitere nachfolgte, wobei die Suchhunde vorausgingen und die Gruppe anführten. Die Kriminalbeamten bildeten den Schluss.

Nach einer halben Stunde wischte sich Leo den Schweiß von der Stirn und fluchte. Warum war es gerade heute so heiß?

„Beschwer dich nicht. Die Kollegen müssen Uniform tragen und maulen auch nicht rum. Reiß dich gefälligst zusammen", lachte Hans, der mit der Hitze immer noch kein Problem hatte. Er schlenderte den Kollegen hinterher. Zum Glück hatte er eine Sonnenbrille eingesteckt, die ihn vor der Sonne und der Helligkeit schützte. Jetzt sah er aus wie ein Urlauber bei einem gemütlichen Spaziergang. Viktoria hatte ihm bereits einen strafenden Blick zugeworfen, denn dieses Aussehen kam in der Presse und damit bei der Bevölkerung sicher nicht gut an. Aber das war Hans gleichgültig, um solche Kleinigkeiten hatte er sich noch nie Gedanken gemacht.

GIERSCHLUND

Der Suchtrupp war jetzt fast zwei Stunden unterwegs, sie brauchten dringend eine Pause. Alle wurden mit Getränken und einer Brotzeit versorgt. Leo hielt diese Pause für völlig überflüssig. Ja, es war heiß und alle schwitzten. Aber es galt, den Jungen zu finden, der vielleicht hier irgendwo hilflos lag. Ungeduldig ging er auf und ab. Er lief zu der nächsten Anhöhe, da er Motorengeräusche vernahm. Er beobachtete einen Landwirt, der gerade dabei war, Gülle auf einem Feld zu verteilen. Der Acker sah frisch gepflügt aus und endete an einem kleinen Waldstück. Hans war Leo gefolgt und sah, was ihn beschäftigte.

„Der fährt Gülle aus", sagte Leo verärgert.

„Odel heißt das in Bayern."

„Es ist mir völlig egal, wie Gülle hier genannt wird."

„Es ist kein Regen angesagt. Eigentlich ist es verboten, heute Odel auszubringen."

„Ob das verboten ist, ist mir wurscht. Unsere Arbeit ist schon schwer genug, da brauchen wir den Gestank nicht auch noch." Leo ging los, er musste den Landwirt dazu bringen, mit seiner Arbeit aufzuhören. Hans bat zwei Uniformierte zu sich und erklärte, worum es ging. Jetzt blickten sie in die Richtung und sahnen den Bauern bei der Arbeit. Auch sie wurden wütend, denn an diesem Feld mussten sie später alle vorbei.

„Ich bin Nebenerwerbslandwirt und muss mich auch an Vorschriften halten", sagte der eine Kollege, der ziemlich sauer war. „Es gibt immer wieder Deppen, die sich nicht daran halten und aus der Reihe tanzen."

Nach zwanzig Minuten strengen Fußmarsches waren sie endlich bei dem Bauern angekommen, der keine Anstalten machte, seine Arbeit zu unterbrechen und auf das Winken der Polizisten nicht reagierte. Augenscheinlich war er schon lange mit diesem Feld beschäftigt, denn es war tatsächlich frisch umgeackert und wurde jetzt gedüngt.

„Macht's, dass wegkimmts!", rief der Bauer und drückte aufs Gas, als die Polizisten auf ihn zugingen.

Ein Polizist versuchte, auf den Traktor zu klettern, aber der bekam einen kräftigen Tritt ab und flog rücklings auf den Boden und damit direkt in die Gülle. Der Bauer fuhr einfach weiter und düngte weiter. Die Gülle spritzte im hohen Bogen. Es hätte nicht viel gefehlt, und er hätte damit die Polizisten erwischt. Gerade noch rechtzeitig konnten sie zur Seite springen. Der Bauer drehte sich um und lachte nur. Leo hatte genug. Er wartete, bis der Traktor umdrehte und zurückkam. Dann stellte er sich ihm in den Weg. Hans war erschrocken. Der Bauer machte keine Anstalten, vom Gas zu gehen, sondern hielt direkt auf Leo zu. Trotzdem blieb der einfach stehen.

Viktoria, Werner und fast die ganze Suchmannschaft standen auf der Anhöhe und beobachtete erschrocken, was auf dem Feld geschah.

„Leo! Geh weg da, sofort!", schrie Hans, aber Leo reagierte nicht.

Der Bauer stieg voll auf die Bremse und kam nur ganz knapp vor Leo zu stehen.

„Bist du narrisch?", rief der Bauer.

Hans sprang auf den Traktor und zog den Mann unsanft aus der Fahrerkabine.

„Hey, was soi denn des?"

„Das gibt eine fette Anzeige, darauf können Sie sich verlassen", drohte Hans.

„Wega dem bissal Odel?"

„Nicht nur deswegen. Sie haben einen Polizisten tätlich angegriffen."

„Der hod doch ogfanga. Was hod'n denn der auf meim Traktor verlorn? Host du dir weh do?", sprach er den Polizisten an, dessen Uniform voller Gülle war und der sich sichtlich unwohl fühlte.

„Nein", rief der.

„Also, nix is passiert. Konn i jetzt mei Arbeit weitermacha?"

„Nein, das können Sie nicht. Erstens ist es heute verboten, Odel auszufahren, was Ihnen sicher bekannt ist. Und zweitens behindern Sie damit einen Polizeieinsatz."

„I behinder wos?"

Statt einer Antwort zeigte Hans dem achtundvierzigjährigen Mann die Hundertschaft, die von hier aus auf der Anhöhe gut zu sehen war.

„Wos mochn die denn auf meim Grund?"

„Wir suchen eine vermisste Person."

„Werd i da ned gfragt?"

„Nein. Das ist ein Polizeieinsatz, dafür brauchen wir die Ihr Einverständnis nicht. Name und Adresse?"

„Hofberger Michael. Des dort hint is mei Hof." Er zeigte auf mehrere Gebäude, die weit entfernt schemenhaft zu erkennen waren.

„Haben Sie heute Nacht irgendetwas gehört oder gesehen?"

„Na. In der Nacht schlaf i."

„Wir kommen später bei Ihnen vorbei."

„Warum?"

„Um die Anzeige aufzunehmen. Außerdem wollen wir uns auf Ihrem Hof umsehen."

„Von mir aus. Macht's, was ihr ned lassen könnts." Michael Hofberger setzte sich wieder auf seinen Traktor.

„Damit wir uns richtig verstehen: Sie hören auf mit Ihrer Arbeit, sofort!"

Der Bauer fuhr davon und schimpfte lautstark. Dass er dabei grinste, bemerkte niemand.

„Was für ein Trottel!", schimpfte Leo, dessen Puls immer noch raste. Wie konnte er nur so dumm sein und sich dem Mann in den Weg stellen? Das hätte schlimm ausgehen können.

„Für Sie ist Dienstschluss", sagte Hans zu dem stinkenden Kollegen. „Fahren Sie nach Hause."

„Danke." Sein Kollege begleitete ihn, auch wenn er ein paar Meter Abstand hielt.

„Schöne Scheiße", sagte Hans. „Meine Schuhe sind völlig hinüber."

„Meine nicht", lachte Leo, der sich von dem Schreck erholt hatte.

„Mach das nie wieder, hörst du? Ich dachte, der Mann fährt dich um."

„Ja, das war knapp, das muss ich zugeben. Auf den letzten Metern wurde mir auch mulmig. Zum Glück ist ja nichts passiert."

„Wir können weitergehen, der Bauer hat mit dem Odeln aufgehört", sagte Hans, als sie wieder zurück waren. „Ich würde vorschlagen, dass wir den frisch geodelten Acker auslassen."

Leo und Hans reihten sich wieder am Ende der Gruppe ein.

„Das war völlig bescheuert von dir. Wie kann man nur so blöd sein?", sagte Viktoria zu Leo. Noch nie zuvor hatte sie so große Angst um ihn gehabt.

Die Suche ging weiter. Einige Hunde reagierten auf den penetranten Gülle-Gestank, als sie den fraglichen Acker erreicht hatten. Nach zwanzig Minuten war die Gruppe außer Reichweite. Die Hunde beruhigten sich und alle konnten endlich wieder durchatmen. Hans hätte dem Bauern den Hals umdrehen können. Seine Eltern waren ebenfalls Bauern gewesen und er hatte von klein auf mitbekommen, welche Mühen sie auf sich nehmen mussten. Für Hans kam es nie in Frage, diesen Beruf zu ergreifen. Schon immer interessierte er sich für die Polizei und schlug diesen Weg ein, was seine Eltern begeistert aufnahmen. Sie erhofften sich für ihren Sohn ein Leben nach dessen Vorstellungen und Wünschen, auch wenn das bedeutete, dass die Landwirtschaft, wie sie sie übernommen und ausgebaut hatten, nicht weitergeführt wurde. Bis zum Tod der Eltern lief der Betrieb auf dem Hof weiter, allerdings hatten sie schon Jahre vorher alle Äcker und Wiesen verpachtet. Auch die Arbeit mit dem Vieh, das aus vier Rindern, acht Hühnern und sechs Gänsen bestand, hielt sich in Grenzen und konnte von dem betagten Paar bewältigt werden, auch wenn Hans ab und zu aushelfen musste, was er sehr gerne machte.

Hans hatte nach dem Tod beider das Vieh und die landwirtschaftlichen Geräte verkauft. Den Grund behielt er, denn für ihn war es selbstverständlich, diesen nicht zu verkaufen. Für sein Empfinden gehörte es sich nicht, Grundeigentum zu verkaufen, das schon seit Generationen im Familienbesitz war. Den Hof selbst hatte er aus- und umgebaut, um darin bequem und komfortabel leben zu können. Seine Eltern wollten den Umbau zu Lebzeiten nicht. Sie liebten ihren Hof so, wie er war. Außerdem kamen sie mit Neuem nur schwer zurecht. Hans erinnerte sich noch gut an die Zeiten, als die Güllegruben fast überquollen, bis endlich die Freigabe zum Ausbringen kam. Auch damals gab es immer wieder einzelne Bauern, denen das egal war und die sich nicht daran hielten – Typen wie Hofberger, die einfach machten, was sie wollten.

Um 19.30 Uhr brach der Einsatzleiter nach Absprache mit den Kripobeamten die Suche ab. Sie waren weit gekommen und hatten alles gegeben, leider ohne Erfolg. Es wurde nicht die kleinste Spur gefunden, was vor allem von den jüngsten Kollegen mit Erleichterung aufgenommen wurde. Niemand war scharf darauf, eine Leiche zu finden, womit fast alle gerechnet hatten und worüber sich auch alle immer wieder unterhielten.

Die Kollegen hatten Feierabend und gingen zurück zu den Fahrzeugen. Alle, bis auf die Kriminalbeamten und zwei Uniformierte, die Hans bat, sie bei der Durchsuchung von Hofbergers Anwesen zu unterstützen.

GIERSCHLUND

Michael Hofberger war beim Abendessen, als die Polizisten auftauchten. Er schimpfte und fluchte, machte aber keine Anstalten, aufzustehen. Er machte sich durch das geschlossene Fenster bemerkbar und aß einfach weiter.

„Ich nehme an, dass das bedeutet, dass wir uns umsehen dürfen", sagte Hans.

„Gut, fangen wir an."

Die Kriminalbeamten und die beiden Polizisten sahen sich gründlich um. Auch das Wohnhaus sparten sie nicht aus, das Leo und Hans übernahmen. Hofberger saß am Küchentisch und aß ungeniert weiter. Er dachte nicht einmal daran, sich mit den Polizisten abzugeben. Hans wollte zuerst über die Ausfuhr der Gülle und den tätlichen Angriff auf den Kollegen hinwegsehen, entschied sich aber aufgrund des bockigen, unfreundlichen Verhaltens des Bauern anders. Er trat in die Küche, setzte sich ungefragt an den Tisch und nahm die Anzeige auf. Er las Hofberger vor, was ihm vorgeworfen wurde.

„Is scho recht", sagte er nur und schnitt eine dicke Scheibe Wurst ab, die fantastisch roch.

„Der Hof ist sauber, im wahrsten Sinne des Wortes. Ich hätte nicht damit gerechnet, das hier vorzufinden, das muss ich zugeben", sagte Leo. Er war durch das Äußere des Besitzers voreingenommen und hatte einen heruntergekommen, alten Bauernhof erwartet. Das hier war weit davon entfernt. Alles war in einem sehr guten Zustand. Die Halle und der große Traktor waren nagelneu.

„Ich kenne mich in der Landwirtschaft nicht aus. Kann man von dreißig Stück Vieh und den Äckern und Wiesen gut leben?", wollte Viktoria wissen.

„Das kann ich mir nicht vorstellen", antwortete Hans, der als einziger eine Ahnung von Landwirtschaft hatte. „Meine Eltern hatten ungefähr die doppelte Größe und mussten jeden Cent zweimal umdrehen."

„Vielleicht eine Erbschaft?", sagte einer der Polizisten.

„Das finden wir heraus."

„Was hat Hofberger zu dir gesagt?"

„Nicht viel. Wenn ihr mich fragt, ist der ziemlich einfältig."

„Oder besonders schlau."

Die Polizisten machten sich auf den Weg zurück zu ihren Fahrzeugen, was für alle beschwerlich war, denn der schmale Feldweg verlief nicht eben, sondern stieg leicht an. Alle waren müde und hatten genug für heute. Zumindest war die Temperatur jetzt angenehm.

„Ich sagte dir, dass du mich nur im Notfall anrufen sollst!"

„Das ist ein Notfall. Die Polizei war hier und hat herumgeschnüffelt."

„Die Polizei? Warum war die bei dir?"

„Mach dir keine Sorgen, ich habe alle Spuren beseitigt. Dafür habe ich die ganze Nacht durchgearbeitet. Das Grundstück ist jetzt ein Acker. Das war eine Heidenarbeit, das kannst du mir glauben. Das kostet extra, dass das klar ist." Michael Hofberger hatte sich jedes einzelne Wort zurechtgelegt. Er sprach betont langsam und deutlich. Seine Laune war trotz der Müdigkeit bestens, denn er hatte gute Karten, noch ein Extrasümmchen für eine weitere Anschaffung aus seinem Geschäftspartner herauszukitzeln.

„Welche Spuren hast du beseitigt? Wovon sprichst du? Was ist passiert?"

„Nichts ist passiert, dafür habe ich gesorgt."

„Du hast Glück, dass ich gerade keine Zeit habe, um mir länger dein Geschwafel anzuhören. Kann ich mich darauf verlassen, dass die Polizei nichts gefunden hat und auch nichts finden wird?"

„Klar, Mann. Ich habe denen angesehen, dass die umsonst hier herumgelaufen sind. Den ganzen Nachmittag haben sie sinnlos die ganze Gegend durchkämmt. Ein paar von den Bullen haben sich aufgespielt und sich wichtig gemacht. Ich gab ganz den dümmlichen, grantigen Bauern, den sie mir abgenommen haben. Die tauchen hier nicht mehr auf, darauf kannst du Gift nehmen." Hofberger lachte hämisch. „Was ist nun mit meinem Bonus?"

„Meinetwegen. Ich hinterlege den Umschlag an der vereinbarten Stelle."

„Wann kommt die nächste Lieferung?"

„Es gefällt mir nicht, dass die Polizei bei dir herumlungert. Besser, wir lassen die Sache vorerst ruhen. Ich melde mich wieder. Und ruf mich nicht wieder an. Sollte ich eine weitere Zahlungsaufforderung erhalten, werde ich die Zusammenarbeit abbrechen, verstanden?"

„Klar, Chef." Hofberger freute sich und gönnte sich einen Schnaps. Er hatte amüsiert beobachtet, wie die Polizisten einen weiten Bogen um den neuen Acker machten. Klar, niemand von denen wollte sich dreckig machen. Er lachte laut und schenkte sich einen weiteren Schnaps ein. Dann ging er zu seinem Traktor, tankte das Güllefass randvoll und fuhr die Ladung auf den Acker, bei dem er heute die Arbeit unterbrechen musste. Erst sehr spät war er fertig damit und betrachtete sein Werk. Alles sah nach einer ganz normalen Ackerfläche aus – perfekt!

Für heute war Feierabend für die Kriminalbeamten, allen war die Anstrengung ins Gesicht geschrieben. Vor allem Viktoria sah schlimm aus, da sie einen fetten Sonnenbrand im Gesicht hatte. Werner fuhr nach Hause, wo Frau und Tochter auf ihn warteten. Ein lustiger Spieleabend rundete den für Werner perfekten Arbeitstag ab.

Nachdem Hans geduscht und sich umgezogen hatte, fuhr er pfeifend los. Die Verabredung, eine Eroberung vom Samstag, schien verheißungsvoll zu werden. Schon zwei Mal hatte er mit der süßen Kirsten telefoniert, die viel zu jung für ihn war. Aber das war ihm gleichgültig. Er fühlte sich wohl in ihrer Gesellschaft und amüsierte sich – was wollte er mehr?

Viktoria kaufte unterwegs beim Italiener wie so oft eine Pizza. Hier wurde sie bereits wie eine Stammkundin behandelt, heute bekam sie eine Portion Salat obendrauf geschenkt. Ob man sie vermissen würde, wenn sie wieder abreiste?

GIERSCHLUND

Sie aß im Zimmer ihrer kleinen Pension, die mitten in Mühldorf lag. Sie saß im Bett und zappte durch die Programme. Das würde wieder einer dieser gähnend langweiligen Abende werden, die ihr langsam auf die Nerven gingen. Tante Gerda, Leos Vermieterin und Ersatzmutter, hatte sie mehrfach eingeladen. Wegen Leos abweisender Art verzichtete sie lieber darauf. Heute langweilte sie sich besonders, sie sehnte sich nach Gesellschaft. Ob sie vielleicht doch noch den Mut fand, bei Tante Gerda aufzutauchen? Sie wischte den Gedanken beiseite und ließ ein Bad ein. Für die immer noch vorherrschende Hitze war das zwar übertrieben, aber sie musste entspannen, um in Ruhe nachdenken zu können. Nach einem sehr langen Bad war sie müde geworden und entschied, hier zu bleiben, einen Film anzusehen und den Besuch, wieder einmal, zu verschieben.

Leo hatte Glück mit dem Abendessen, Tante Gerda hatte für ihn mitgekocht. Sie saßen vor dem Haus, aßen Schnitzel und Kartoffelsalat, und genossen die Wärme und Ruhe. Leo erzählte von seinem Arbeitstag und verriet mehr, als ihm erlaubt war. Er hatte keine Geheimnisse vor Tante Gerda, die in Wahrheit Hans Hieblers Tante war und die alle nur Tante Gerda nannten.

„Du meine Güte! So jung darf man nicht sterben, das ist eher für mein Alter gedacht", sagte sie und legte Leo noch ein Schnitzel auf. Er war für ihre Begriffe viel zu dünn geworden und das gefiel ihr nicht.

„Du wirst uns noch alle überleben, Tante Gerda!", rief Leo, öffnete den Knopf seiner Jeans und machte sich über das zweite Schnitzel her.

„Wollen wir hoffen, dass der andere Junge wieder wohlbehalten auftaucht."

Nach dem Essen tranken die beiden Rotwein und unterhielten sich noch lange über Gott und die Welt. Der Hofhund Felix, den Leo bei seinem ersten Fall in Mühldorf in einem erbärmlichen Zustand gerettet hatte, schlief selig, nachdem Tante Gerda das letzte Schnitzel an ihn verfüttert hatte.

„Du musst aufhören, den Kleinen zu mästen. Nicht mehr lange, und man kann ihn rollen."

Das hörte Tante Gerda überhaupt nicht gerne. Sie liebte Felix und sah ihn mit anderen Augen. Und zwar immer noch so, wie sie ihn damals aus dem Tierheim geholt hatte. Schnell wechselte sie das Thema, denn auf dem Ohr war sie taub. Dann wurde es kühl und Tante Gerda ging zu Bett, der kleine Felix folgte ihr.

Leo saß noch lange vor dem Haus und betrachtete den Sonnenuntergang. Dabei dachte er über den heutigen Tag nach. Wo war Julian? War er noch am Leben? Was war in der letzten Nacht geschehen?

6.

An diesem Tag erschien ein Bericht in der Tageszeitung über den Tod Noah Geigers, sowie auch die Suchmeldung der Polizei nach Julian Brechtinger, die mit den Eltern abgesprochen wurde. Der gestrigen Suchaktion wurde eine ganze Seite gewidmet. Wilde Spekulationen und fragwürdige Zeugenaussagen untermalten die vielen Fotos, auf denen auch die Kriminalbeamten abgelichtet waren. Vor allem die vermeintlich harte Reaktion der Polizei auf die widerrechtlich parkenden Fahrzeuge wurde scharf kritisiert.

Rudolf Krohmer, Leiter der Polizeiinspektion Mühldorf am Inn, hatte bereits so etwas erwartet. Natürlich wäre er über eine positive Berichterstattung erfreut gewesen, aber das war wieder einmal nicht der Fall. Immer öfter wurde die Polizei angegriffen und kritisiert, woran er sich nie gewöhnen würde. An einem Foto, auf dem Hans Hiebler und Leo Schwartz abgebildet waren, blieb er besonders lange hängen. Warum konnten sich die beiden nicht normal kleiden? Dann bemerkte er ein Foto von Viktoria Untermaier und Werner Grössert – das war auch nicht viel besser. Sie sah ziemlich heruntergekommen aus, und Grössert hätte in dem Aufzug in einen Modekatalog gepasst. Naja, wie auch immer – so war sie nun mal, seine Mordkommission, auf die er sehr stolz war, wenn er von den Äußerlichkeiten absah.

Krohmer ließ sich bei der morgendlichen Besprechung ausführlich über den aktuellen Ermittlungsstand und die gestrige Suchaktion informieren, die er gegenüber dem Staatsanwalt rechtfertigen musste. Aber das war jetzt das geringste Problem. Er sorgte sich um den verschwundenen Julian Brechtinger, der immer noch nicht aufgetaucht war.

„Wir haben uns auf Michael Hofbergers Hof umgesehen. Alles sauber und ordentlich. Finanziell dürfte Hofberger gut dastehen. Auf mich persönlich machte der Mann den Eindruck eines einfachen, grobschlächtigen Mannes, wozu der saubere Hof mit den teuren Maschinen nicht passt."

„Ich verstehe. Nehmen Sie den finanziellen Hintergrund des Mannes genauer unter die Lupe. Der Beschluss dürfte kein Problem werden."

Friedrich Fuchs wartete darauf, endlich gehört zu werden, schließlich hatte er entgegen seinen Kollegen Fakten und Beweise dabei.

„Was haben Sie für uns, Herr Fuchs?", wandte sich Krohmer an den zweiundvierzigjährigen, hageren Mann.

„Ich fange mit dem Unfallhergang an, der nun feststeht." Fuchs stand auf und startete die Powerpoint-Präsentation, die er heute Nacht vorbereitet hatte. „Das Opfer stand hier, das Täterfahrzeug kam von hier. Das Opfer wurde mit hoher Geschwindigkeit angefahren und wurde durch den Aufprall bis hier hin geschleudert." Fuchs zeigte mit einem dünnen Stab auf ein Kreuz. „Es gibt keine Bremsspuren, weshalb man von Vorsatz ausgehen kann."

„Vielleicht hat der Fahrer den Mann einfach übersehen?"

„Bei den Lichtverhältnissen halte ich das für unwahrscheinlich."

„Todesursache?"

„Genickbruch."

„Das Mofa war also tatsächlich nicht direkt involviert?"

„Nein, damit lag ich mit meiner ersten Vermutung richtig. Das Opfer und das Mofa wurden nach der Tat in das Maisfeld gebracht, aber das haben gestern ja alle selbst gesehen."

„Haben Sie Fußspuren gefunden, die auf den Täter hinweisen?"

„Nein. Der Boden ist sehr trocken, da können keine Spuren nachgewiesen werden."

„Haben Sie alles abgesucht?", fragte Viktoria, die das nicht glauben wollte.

„Denken Sie, ich mache meinen Job erst seit gestern?"

„Soll das heißen, dass Sie nichts für uns haben?"

„Selbstverständlich nicht." Fuchs musste sich ein triumphierendes Grinsen verkneifen, denn er wollte nicht überheblich wirken, was aber nicht so richtig funktionierte. „Wir konnten auf der Kleidung des Opfers einen kleinen Glassplitter sicherstellen, der sich in der Baumwollhose verfangen hat. Dieser Splitter passt zu einem weiteren, den wir auf dem Feldweg fanden."

„Zwei kleine Glassplitter? Ich nehme an, die stammen vom Unfallfahrzeug. Kann man damit auf den Fahrzeugtyp schließen?" Alle hingen an Fuchs' Lippen, was der sichtlich genoss.

„Das allein würde schwierig werden. Wir haben eine weitere Spur gefunden, die zusammen mit den Glassplittern sehr aufschlussreich war. Sie haben alle die Bilder des Mofas gesehen, das in einem sehr schlechten Zustand ist. Hier und hier", zeigte er auf ein Foto des Mofas, „hat einer meiner aufmerksamsten Mitarbeiter Spuren gefunden, die auf einen Fahrzeugtyp hindeuten."

„Die können von überall her stammen", maulte Viktoria, der die Art des Kollegen Fuchs tierisch auf die Nerven ging.

„Das halte ich für unwahrscheinlich, denn die Spuren waren relativ neu. Das Fahrzeug muss das Mofa touchiert haben und hat dabei Abriebspuren hinterlassen." Fuchs machte erneut eine kurze Pause.

„Sie machen mich neugierig, Kollege Fuchs", drängelte Krohmer, der von der Arbeit seiner Spurensicherung begeistert war.

„Diese Abriebspuren stammen von Kunstleder und Filz, beides sehr alt. Diese und die Glassplitter zusammengenommen passen exakt zu einem Oldtimer der Marke Lloyd 300. Ich vermute das Baujahr 1951, aber das wurde noch nicht bestätigt. Ich habe mir erlaubt, einen Fachmann zu kontaktieren, der mir versprach, sich um die Angelegenheit zu kümmern." Fuchs sah erwartungsvoll in die Runde. Wussten die Kollegen, um welchen Wagen es sich handelte?

„Sprechen Sie von dem Leukoplastbomber von Borgward?"

„Richtig, Herr Krohmer. Ich sehe, Sie sind ein Kenner auf dem Gebiet der Oldtimer. Ich bin ein Fan dieser Fahrzeuge, die entgegen den heutigen, lieblos hergestellten Typen, noch eine Seele besitzen. Ich selbst habe vier Oldtimer und würde mich glücklich schätzen, einen Lloyd 300 mein Eigen nennen zu dürfen. Entschuldigen Sie bitte die private Ausführung, die gehört hier nicht her. Bei Oldtimern verliere ich jede Zurückhaltung." Alle waren überrascht und starrten Fuchs an. Das war das erste Mal, dass sie bei ihrem sonst so distanzierten Kollegen eine menschliche Regung bemerkten. „Kommen wir auf den Fall zurück. Für alle, denen das Modell nichts sagt, habe ich Informationsmaterial vorbereitet", fügte Fuchs an, griff in die Tasche und teilte die mehrseitige Information reihum aus, an die jeweils ein Foto des Fahrzeugs angeheftet war. „Die Karosserie des Lloyd 300 bestand aus einer Kunstlederhaut, darunter befand sich ein Filzbelag, um Unebenheiten auszugleichen. Der Lloyd 300 wurde zwischen 1950 und 1952 hergestellt. Das Modell war ein Verkaufsschlager und lag eine Klasse unter dem berühmten VW Käfer, was sich auch im damaligen günstigen Preis ausdrückte. Nach meinen Unterlagen wurden von diesem Lloyd-Modell der Autofirma Borgward knapp neunzehntausend Stück gebaut und verkauft."

„Wie viele dieser Oldtimer sind in unserem Gebiet gemeldet?"

„Das herauszufinden ist nicht meine Aufgabe." Fuchs schien beleidigt, die Euphorie war verflogen. „Ich finde, Sie könnten sehr viel mehr Begeisterung für die Arbeit des Kollegen Schädelbauers zeigen.

Ohne ihn wäre diese Spur verborgen geblieben, denn ich für meinen Teil wäre nicht darauf gekommen. Die Abriebspuren waren so klein, dass ich sie sehr wahrscheinlich übersehen hätte. Zum Glück habe ich fähige Mitarbeiter, auf die ich mich verlassen kann." Fuchs war wie immer sehr ehrlich, was alle an ihm schätzten.

„Ich werde dem Kollegen Schädelbauer persönlich meinen Dank aussprechen", sagte Krohmer, der tatsächlich sehr beeindruckt war. Seine Spurensicherung konnte sich mit jeder anderen problemlos messen.

„Machen Sie das, Herr Krohmer, ich bedanke mich jetzt schon dafür. Die Obduktion wurde ebenfalls noch heute Nacht auf mein Drängen hin durchgeführt. Die Todeszeit kann auf etwa zwei Uhr festgelegt werden." Fuchs grinste, denn er lag mit seiner Vermutung genau richtig.

„Haben Sie noch etwas für uns?"

„Nein, das war es. Ich finde, für die kurze Zeit und die wenigen Möglichkeiten war das eine ganze Menge. Sie haben den Tathergang, die Todeszeit, die Todesursache und das seltene Fahrzeugmodell. Was wollen Sie mehr? Soll ich Ihnen auch noch den Täter auf dem Silbertablett servieren?" Fuchs war enttäuscht, er hatte eine völlig andere Reaktion erwartet, nachdem er und seine Mitarbeiter die ganze Nacht durchgearbeitet hatten. Er war auf die Besprechung perfekt vorbereitet gewesen und hatte einen vorbildlichen Vortrag gehalten.

„Vielen Dank, Kollege Fuchs, gute Arbeit", sagte Hans, der den Mann verstand.

Fuchs verabschiedete sich, er hatte noch viel zu tun.

„Jetzt, wo der Kollege Fuchs weg ist, muss ich noch eine Sache ansprechen, die nichts mit dem Fall zu tun hat. Herr Fuchs hat übermorgen sein zwanzigjähriges Dienstjubiläum. Irgendwelche Vorschläge, was wir ihm schenken sollen?"

„Fuchs ist schon seit zwanzig Jahren hier?"

„Ja. Das Innenministerium hat mich darauf aufmerksam gemacht, ich selbst wäre nicht darauf gekommen. Ich finde, dass man zu solch einem Ereignis ein geeignetes Geschenk überreichen sollte. Sonst fällt mir das leicht, aber bei Fuchs tue ich mir schwer. Sie alle kennen den Kollegen schon lange, bitte lassen Sie mich in der Angelegenheit nicht hängen."

„Das wird schwer. Wir werden darüber nachdenken und lassen Sie wissen, falls uns etwas einfällt."

„Sehr schön. Wenn Sie jetzt bitte alle auf dieser Glückwunschkarte unterschreiben wollen? Für ein, zwei nette Worte wäre ich dankbar."

Leo bekam die riesige Karte zuerst. Darauf abgebildet war eine Comicfigur in einer Polizeiuniform, die Fuchs sehr ähnlich sah.

„Treffendes Motiv", lachte Leo und las die Worte Krohmers, die in sauberer Handschrift geschrieben wurden. „*Doktor* Friedrich Fuchs?"

„Ja. Der Kollege hat schon vor ewigen Zeiten promoviert. Bitte sagen Sie das nicht weiter, Fuchs mag es nicht, wenn man ihn mit Titel anspricht. Für eine korrekte Anrede zu diesem Anlass musste ich die korrekte Anrede verwenden. Ich hoffe, Herr Fuchs ist darüber nicht verärgert."

Das war für alle neu, auch für Werner, der sonst über solche Dinge stets informiert war. Die Karte ging reihum und gelangte wieder zu Krohmer.

„Vielen Dank. Wie wollen Sie in dem Fall weiter vorgehen?"

„Selbstverständlich suchen wir nach diesem Oldtimer. Parallel dazu kümmern wir uns um die Finanzen Hofbergers. Danach nehmen wir das komplette Umfeld der beiden jungen Männer auseinander, vielleicht finden wir da eine Spur."

„Machen Sie das, viel Glück."

Zunächst galt es, nach den Besitzern eines Oldtimers Lloyd LP300 zu suchen. Davon gab es tatsächlich zwei im Umkreis von hundert Kilometern. Einen in Traunstein und einen direkt in Mühldorf.

Leo und Hans übernahmen die Überprüfung des Traunsteiner Oldtimers, Werner und Viktoria die in Mühldorf, nachdem Werner äußerte, den Besitzer zu kennen.

„Josef Graubner sammelt Oldtimer. Eigentlich könnten wir uns den Besuch bei ihm sparen, denn mir ist bekannt, dass er nur einen seiner Oldtimer fährt, und das ist sicher nicht der gesuchte Lloyd."

„Was macht er mit den anderen?"

„Die stehen fein säuberlich aufgereiht in einer Halle. Graubner ist einer der Sammler, die sich an diesen Oldtimern erfreuen, sie hegen und pflegen. Er will sie nur besitzen, nicht fahren."

„Verstehe ich nicht", sagte Viktoria. Sie war gespannt auf den Mann, den sie sich als schrulligen, alten Greis vorstellte.

Sie war überrascht, als sie vor ihm stand, denn er sah überhaupt nicht so aus. Josef Graubner war ein Mann Mitte vierzig, der sehr modern und sportlich gekleidet war. Er begrüßte die Kriminalbeamten freundlich und zeigte seine Schätzchen voller Stolz. Viktoria war beeindruckt, als sie die komplette Oldtimer-Sammlung ordentlich aufgereiht vor sich sah. Vor jedem sauber glänzenden Modell stand ein Schild mit den technischen Daten und der dazugehörigen Geschichte. Graubner hätte gerne jedes einzelne Modell vorgestellt, aber dafür hatten Viktoria und Werner weder Zeit, noch Interesse.

„Das ist der Lloyd, den Sie suchen", sagte Graubner.

Die Kriminalbeamten sahen sofort, dass das nicht das gesuchte Fahrzeug sein konnte, denn das hier war vollkommen unversehrt.

„Wann wurde der zuletzt gefahren?"

„Noch nie. Ich habe das Fahrzeug vor sieben Jahren in einem sehr desolaten Zustand gekauft. Die Restaurierung war sehr aufwändig und kostspielig. Da ich von Anfang an nicht vorhatte, den Lloyd zu fahren, wurde der Motor nicht instandgesetzt."

„Wissen Sie von weiteren Oldtimern dieses Modells in unserer Gegend? Ich spreche von einem Radius von einhundert bis einhundertfünfzig Kilometern."

„Außer den von Dr. Stapf aus Traunstein gibt es meines Wissens nach keine weiteren Lloyd 300 bei uns. Aber wer weiß, was in dunklen Scheunen und Garagen noch für verborgene Schätze lagern."

Viktoria und Werner bedankten sich.

„Das war wohl ein Schuss in den Ofen. Du hattest Recht gehabt, Werner. Diese Fahrzeuge stehen dort schon lange, die hat keiner bewegt. Und wenn doch, müssten an dem Fahrzeug deutliche Spuren des Unfalls sein. Ich habe keine gesehen."

„Ich auch nicht."

Dr. Stapf war ein hektischer, kleiner Mann, der als Prokurist in einer Fabrik für Kältetechnik arbeitete. Er war nicht erfreut über den Besuch der Kriminalpolizei. Er musste seine Arbeit unterbrechen, was er überhaupt nicht mochte. Dementsprechend war seine Laune, als er seine Oldtimer vorzeigte.

„Ich verstehe nicht, was Sie von mir wollen. Alle meine Oldtimer wurden offiziell gekauft. Die Garagen sind in meinem Besitz und die Versicherung wird von mir pünktlich bezahlt. Warum interessieren Sie sich für meinen Lloyd?"

„Zeigen Sie uns das Fahrzeug und dann sind wir schnell wieder weg", sagte Leo, der keine Lust hatte, sich mit dem hektischen Mann zu unterhalten, der ihn fast wahnsinnig machte.

„Meinetwegen", sagte Dr. Stapf und öffnete das Tor einer großen Garage, in dem vier Oldtimer standen. Eine feine Staubschicht hatte sich über die Fahrzeuge gelegt. Es lag auf der Hand, dass Dr. Stapf sich nicht sonderlich darum kümmerte.

„Der da ist der Lloyd", sagte er und zeigte auf den Wagen hinten im Eck. Das Fahrzeug war sicher lange nicht gefahren worden, wenn er überhaupt fuhr.

„Ist der Lloyd fahrtüchtig?"

„Selbstverständlich! Denken Sie, ich kaufe die Autos, um sie mir anzusehen? Zugegebenermaßen könnten sie optisch gepflegter aussehen. Wenn ich den Staub abwasche, brauche ich nur den Zündschlüssel umdrehen. Er springt vielleicht nicht sofort an, aber er spring an, das garantiere ich. Sie verlangen jetzt aber nicht von mir, dass ich Ihnen das vorführe? Dafür müsste ich diesen Pullmann rausfahren, was ich nur ungerne machen würde. Es hat sehr viel Mühe gekostet, die vier Fahrzeuge hier reinzubekommen. Sie sehen ja selbst, wie knapp die hier an der Wand stehen. Ich habe sechs solcher Garagen gemietet, was mich jeden Monat, abgesehen von den Versicherungen, eine hübsche Stange Geld kostet. Aber was tut man nicht alles für ein Hobby."

„Fahren Sie Ihre Oldtimer nicht?"

„Selten. Ich habe einen Favoriten, mit dem ich zu Oldtimer-Treffen fahre."

„Warum kaufen Sie die Fahrzeuge, wenn Sie sie nicht fahren? Das verstehe ich nicht."

„Das ist wie bei Kunstsammlern. Uns geht es schon auch darum, zu zeigen, was man hat, das gebe ich zu. Aber vor allem geht es uns darum, die Schätze zu besitzen. Mir reicht es, wenn ich weiß, dass seltene Oldtimer mir gehören und dass ich damit jederzeit eine Runde drehen könnte. Wenn mir danach ist, sehe ich mir meine Schätze an und freue mich darüber. Aber die Suche nach Oldtimern und die Jagd danach sind sehr viel aufregender. Wenn ich einem Konkurrenten ein Modell vor der Nase wegschnappen kann, ist das für mich das Größte." Jetzt lachte

Dr. Stapf zum ersten Mal. Man konnte das Funkeln in seinen Augen sehen.

Leo verstand den Mann trotzdem nicht. Warum der ganze Aufwand, wenn doch alles unter Verschluss blieb?

Hans zwängte sich an den ersten beiden Fahrzeugen vorbei und sah sich den Lloyd genauer an. Besonders die Frontpartie interessierte ihn.

„Seien Sie vorsichtig. Der Lloyd ist mit Kunstleder bespannt, daher hat er auch seinen Namen. Das Kunstleder sieht aus wie Heftpflaster, deshalb nannte man ihn Leukoplastbomber."

Hans hatte genug gesehen. Er kam zurück und klopfte sich den Staub aus der Kleidung.

„Ihr Fahrzeug ist nicht das, das wir suchen. Es gibt keine Unfallschäden."

„So weit kommt es noch! Natürlich ist der Lloyd nicht beschädigt. Staubig ja, aber nicht beschädigt."

„Wer, außer Ihnen, hat noch solch ein Fahrzeug?"

„Der Graubner in Mühldorf. Das ist ein Spinner, den müssten Sie besuchen. Der sammelt alle möglichen Oldtimer nur, um sie anzusehen. Der Großteil davon fährt nicht mehr, einige Modelle haben nicht mal einen Motor."

„Um Herrn Graubner kümmern sich die Kollegen. Sonst noch jemand?"

„Nicht, dass ich wüsste."

„Es gibt diesen Lloyd also nur zwei Mal in unserer Gegend?"

„Ich bin mir sicher, dass es noch einige davon gibt. Was glauben Sie, wie viele Oldtimer noch in Garagen, Hallen und vor allem Scheunen gefunden

GIERSCHLUND

werden? Dieser Pullmann zum Beispiel stand jahrelang in der Scheune eines alten Bauernhofes bei Simbach am Inn. Er war unter einer Plane versteckt und der Besitzer wusste vermutlich nichts davon. Erst, als er verstarb und die Landwirtschaft verkauft wurde, fand man ihn. Als ich davon hörte, habe ich ihn unbesehen gekauft. Und das zu einem Spottpreis. Meine Überraschung war groß, als der Pullmann tatsächlich nach all den Jahren nach vielen Startversuchen angesprungen ist. Eine Motorüberholung konnte ich mir bei dem Stück also sparen. Das war einer meiner Käufe, über die ich mich heute noch freue."

Als Leo und Hans zurück waren, empfing sie Viktoria mit den Informationen bezüglich Hofberger.

„Laut der Bankauskunft hat Hofberger nur wenige hundert Euro auf dem Konto. Die Kontobewegungen der letzten Jahre zeigen keine Auffälligkeiten. Kaum Einnahmen und nur wenige Abbuchungen. Ich frage mich, wovon der Mann lebt und wie er seine Neuanschaffungen bezahlt hat."

„Fragen wir ihn. Ich bin gespannt, wie er uns das erklären will."

„Das muss warten, der Beschluss ist noch nicht da."

„Versuchen wir unser Glück. Gestern durften wir uns auch ohne Beschluss bei ihm umsehen."

Leo und Hans fuhren sofort los. Sie trafen Hofberger auf einem seiner Äcker an, die er ebenfalls mit Gülle düngte. Hans war sauer.

„Wos woits ihr denn jetzt scho wieder von mir? I hob koa Zeit, mi zum unterhoitn. Mit Reden verdien i koa Geld."

„Damit kommen wir gleich auf den Punkt. Wie haben Sie Ihre Traktoren bezahlt? Wie wurde die neue Scheune finanziert?"

„Des geht doch eich nix o! Macht's endlich, dass wegkimmts! Last's mir mei Rua!"

Diesmal stellte sich Hans in den Weg und zwang Hofberger, von seinem Traktor abzusteigen. Es folgte ein kurzes Streitgespräch, das Leo amüsiert mit anhörte. Auch wenn er schon seit drei Jahren in Bayern lebte, verstand er von dem bayerischen Wordgefecht gerade mal die Hälfte – wenn überhaupt.

„Wir fahren jetzt gemeinsam zu Ihrem Hof. Dort möchten wir die Rechnungen für alle Neuanschaffungen der letzten beiden Jahre sehen. Und zu jeder einzelnen Rechnung möchten wir eine plausible Erklärung hören, wie Sie die bezahlt haben."

„An Dreck werd' i! Habt's ihr an Beschluss, der mi dazu zwingt?"

„Nein. Sollten Sie jetzt nicht mit uns kooperieren, werden wir mit einem Großaufgebot anrücken und Ihren ganzen Hof auseinandernehmen, und zwar heute noch. Den Beschluss dafür bringen wir selbstverständlich mit. Und glauben Sie mir, wir werden etwas finden."

„Wuist du mir drohn, Bürschal?"

„Das ist keine Drohung, sondern eine Information. Sie können wählen. Entweder so oder so, ganz wie Sie wünschen."

„Sie haben mein Konto geprüft", sagte Hofberger jetzt sehr ruhig. Von dem übertriebenen Dialekt war fast nichts mehr zu hören. Der Bauer sprach jetzt bemüht deutlich. Hans nickte auf die ihm gestellte Frage. „Ich nehme an, dass Sie das dürfen?" Wieder nickte Hans. „Dann bleibt mir wohl oder übel nichts anderes übrig, als die Wahrheit zu sagen. Ich habe in den letzten Jahren fast alle Geschäfte schwarz gemacht, am Finanzamt vorbei. Uns Bauern bleibt doch auch nichts anderes übrig, sonst gehen wir unter. Der Fiskus hält überall die Hand auf, obwohl die Verkaufspreise immer weiter sinken. Als ehrlicher Bauer kann man nicht überleben, da muss man sich was einfallen lassen."

„Mir kommen die Tränen", sagte Hans genervt, der kein Wort von dem glaubte, was Hofberger sagte.

„Was wissen Sie denn schon von Landwirtschaft? Sie sitzen in ihrem schönen Büro und kassieren jeden Monat ein regelmäßiges, fettes Gehalt, das schön brav jedes Jahr aufgestockt wird, worum sich die Gewerkschaften kümmern. Landwirte waren doch schon immer die unterste Gesellschaftsschicht, auf die jeder herumtrampeln darf."

„Jetzt machen Sie aber mal 'nen Punkt. Erstens sind wir von fetten Gehältern weit entfernt. Und zweitens waren meine Eltern auch Landwirte."

„Und warum haben Sie das Erbe nicht angetreten? Ich nehme an, Äcker und Wiesen sind verpachtet oder verkauft. Und Vieh gibt es sicher auch keins mehr?"

„So ist es. Landwirtschaft ist nicht meins, ich bin lieber Polizist."

„Das kann ich mir vorstellen. Nicht jeder ist dafür geboren, mit den Händen Geld zu verdienen."

„Kommen wir auf unser Anliegen zurück, bevor wir uns in Grundsatzdiskussionen verstricken. Sie sagen, dass Sie allein mit Schwarzhandel diesen Traktor, eine neue Scheune, Geräte und Ihr eigenes Leben bestritten haben?"

„Ja, das behaupte ich. Beweisen Sie mir das Gegenteil. Mehr sage ich dazu nicht. Wenn Sie mich melden, muss ich so viele Steuern nachzahlen, dass ich den Hof sowieso aufgeben muss."

Das war für Hans etwas zu theatralisch. Er hatte keine Lust mehr, sich mit dem Mann zu unterhalten.

„Sie bekommen heute noch Besuch von meinen Kollegen", sagte er nur. „Selbstverständlich mit einem Beschluss, den wir Ihnen ordnungsgemäß vorlegen werden."

„Typisch, das hätte ich mir ja denken können! Vorhin hatten Sie mir noch die Wahl gelassen und ich habe die Wahrheit gesagt. Und trotzdem hetzen Sie mir eine Durchsuchung auf den Hals! Drecksbulle!"

„Und eine Anzeige wegen Beamtenbeleidigung gibt es noch obendrauf", sagte Hans.

Hofberger setzte sich auf seinen Traktor und fuhr davon.

„Wir hätten auf den Beschluss warten sollen."
„Der Chef hatte ihn noch nicht."
„Dieser Hofberger ist nicht so dumm, wie er vorgibt. Wir haben uns ganz schön blenden lassen."

Als Leo und Hans zurück waren, berichteten sie ausführlich von dem Gespräch mit Hofberger.

„Der Beschluss liegt jetzt vor. Ich habe Fuchs gebeten, sich auf dem Hof umzusehen. Er ist bereits unterwegs. Ich bin gespannt, was er uns berichten wird."

In der Zwischenzeit hatten sich Viktoria und Werner bereits das Leben Julian Brechtingers vorgenommen. Leo und Hans nahmen sich das Opfer Noah Geiger vor.

Alexander Geiger war Besitzer eines Schuhgeschäftes in Burghausen, seine Frau leitete die Filiale in Garching. Die Geschäfte liefen offensichtlich gut, denn das Ehepaar führte ein Leben, von dem Leo und Hans nur träumen konnten. Neben einem großen Einfamilienhaus in Burghausen besaß das Ehepaar eine Wohnung auf Gran Canaria und ein Ferienhaus in Ungarn. Acht Mitarbeiter wurden in Vollzeit beschäftigt, vier in Teilzeit. Außerdem bildete das Schuhgeschäft regelmäßig Auszubildende aus, momentan waren es drei in unterschiedlichen Ausbildungsstufen. Neben der Mitgliedschaft im Burghausener Tennisclub war die Mitgliedschaft im Golfclub auffällig. Leo würde diesen Sport gerne ausprobieren, aber dafür hatte er nicht das nötige Kleingeld. Allein der Jahresbeitrag in einem Golfclub überstieg seine finanziellen Möglichkeiten. Wenn er die Kosten, die noch obendrauf kamen, dazuzählte, war das für ihn niemals zu stemmen.

„Dass zwei Schuhgeschäfte so viel abwerfen, finde ich merkwürdig", sagte Leo, der das nicht nachvollziehen konnte. „Ich kaufe mir alle paar Jahre neue Stiefel, von Kunden wie mir könnten die nicht leben."

„Du mit deinem einen Paar Cowboystiefel bist auch kein Maßstab. Ich kaufe regelmäßig neue Schuhe, und Werner sicher auch. Bei Viktoria bin ich mir nicht sicher."

„Trotzdem finde ich den Lebensstandard der Geigers merkwürdig."

„Du und dein Pessimismus", lachte Hans. „Oder bist du einfach nur neidisch?"

„Neid kenne ich nicht, das weißt du. Wir sollten uns die Bilanzen der Schuhgeschäfte genauer ansehen."

„Sag das dem Chef, der muss den Beschluss beantragen. Ich bin gespannt, wie er auf deinen Vorschlag reagiert, schließlich liegt gegen das Ehepaar nichts vor. Außerdem haben die beiden ihren Sohn verloren. Was glaubst du, wie die auf eine Geschäftsprüfung reagieren? Ganz abgesehen davon, wie das in der Bevölkerung aufgenommen wird."

Trotzdem machte Leo eine Notiz. Sollten sie nicht weiterkommen, würde er das Thema anschneiden und den Chef um eine Prüfung der Schuhgeschäfte bitten.

Viktoria und Werner fanden im Leben der Familie Brechtinger nichts Auffälliges. Das Baugeschäft stand gut da, ebenso die Maklerfirma von Roswitha Brechtinger, wobei sich beide Firmen immer wieder überschnitten. Häuser, die von Brechtinger gebaut oder renoviert wurden, wurden über Frau Brechtingers Immobilienfirma verkauft. Wie weit die gemeinsamen Geschäfte wohl noch gingen, gaben die Unterlagen nicht her. Die Familie bewohnte ein eigenes Einfamilienhaus aus den achtziger Jahren, das von einem ansehnlichen Grundstück umgeben war. Das Haus war abbezahlt. Das Firmengebäude gehörte Frau Brechtinger, die an die Baufirma vermietete und monatlich eine satte Miete einstrich. Auf den ersten Blick hatte das einen faden Geschmack, war aber rechtlich völlig in Ordnung. Familie Brechtinger hatte keine Auslandsimmobilie, allerdings besaß sie zwei Wohnungen in München, die vermietet waren.

„Die Familie Brechtinger ist augenscheinlich sauber", sagte Viktoria enttäuscht, da sie darauf gehofft hatte, etwas zu finden. Sie lehnte sich zurück und trank einen weiteren Kaffee, während sich Werner Jochen Müller vornahm, womit er schnell durch war.

„Der Mann hat tatsächlich vor fünf Jahren eine Erbschaft gemacht. Dabei sind neben einem kleinen Häuschen einige Tausend Euro rausgesprungen."

„Und das hat für eine Partnerschaft bei Brechtinger ausgereicht?"

„Allerdings. Müller hatte Glück, denn eine Bank war scharf auf die Immobilie. Nicht auf das Haus, das hatte keinen Wert, aber auf das Grundstück. Das stand einem Neubau der Bank im Weg. Zu Lebzeiten hat sich die alte Dame vehement gegen einen Verkauf gewehrt. Jochen Müller hatte keine Probleme damit, das Haus seiner Ahnen zu verkaufen."

„Wo stand das Haus?"

„Mitten in Altötting."

„Ich kenne den Neubau der Bank. Ein riesiges, beeindruckendes Gebäude", sagte Viktoria, die erst letzte Woche daran vorbeigegangen war, als sie wieder einmal aus Langeweile einen Spaziergang über den Kapellplatz unternahm. „Noch etwas?"

„Nein. Müller ist ledig, hat keine Vorstrafen und lebt in einer Wohnung in Burghausen, die ihm gehört."

„Die Wohnung gehört ihm? Ist die abbezahlt?"

„Ja."

„Das finde ich seltsam. Er kauft sich nicht nur in ein Baugeschäft ein, sondern besitzt dazu eine fertig abbezahlte Wohnung? Wie alt ist der Mann? Dreißig? Wie kann er sich das leisten?"

„Warum nicht? Der Mann hat keine Familie und er verdient gut. Neidisch?" Werner musste lachen.

„Vielleicht ein wenig." Viktoria lachte. Sie war nie auf irgendjemanden neidisch, das war ihr fremd. Jeder Mensch war für sein eigenes Leben verantwortlich und musste versuchen, das Beste daraus zu machen. Außerdem gab es immer jemanden, der mehr hatte, egal, wieviel man auch hatte.

Da die Kriminalbeamten keinen weiteren Ermittlungsansatz hatten, befragten sie Nachbarn, Lehrer und Mitschüler. Leider ohne Erfolg.

Am Abend waren alle niedergeschlagen.

„Der Junge ist immer noch nicht aufgetaucht. Ich habe keine Ahnung, wo wir noch suchen sollen", sagte Hans, der sich etwas von den Befragungen versprochen hatte. Stattdessen waren sie stundenlang sinnlos in dieser Hitze herumgefahren und hatten unangenehme Gespräche führen müssen, denn die Befragten waren von Noahs Tod und von Julians Verschwinden völlig geschockt. Fast ganz Burghausen sprach von nichts anderem, nachdem nun auch das Radio darüber berichtet hatte.

„Lasst uns für heute Schluss machen", entschied Viktoria, die völlig durchgeschwitzt war. Sie sehnte sich nach einer Dusche.

Werner fuhr zu seiner Familie, die ihn erwartete. Hans hatte auch heute wieder eine Verabredung mit Kirsten, auf die er sich freute. Für Viktoria und Leo war das ein Feierabend wie sonst auch. Einsam und langweilig. Ob Viktoria heute vielleicht den Mut aufbrachte, Tante Gerdas Einladung nachzukommen?

Michael Hofberger saß auf dem Hochsitz und wartete auf den unverhofften Geldsegen. Dass die Polizei gerade dabei war, seinen Hof zu durchsuchen, interessierte ihn nicht. Er hatte nicht nur den Wagen, sondern alle Unterlagen zur Seite geschafft. Alles war sicher untergebracht. Die Polizei würde nichts finden und irgendwann unverrichteter Dinge wieder abfahren müssen. Natürlich gab das ein Nachspiel, das war klar. Aber das konnte er entspannt abwarten, denn die Mühlen der Justiz mahlten langsam. Bis das alles abgeschlossen war, würde ihm schon noch eine passende Ausrede einfallen. Oder er war nicht mehr hier, wer konnte das jetzt schon voraussehen.

Er freute sich auf den Extralohn, denn damit hätte sich die Arbeit und Mühe der letzten Nacht richtig gelohnt.

Hofberger war immer noch aufgekratzt, wenn er an die letzte Nacht dachte und daran, was inzwischen geschehen war. Er war wegen der Motorgeräusche aufgewacht und hatte aus dem Fenster gesehen. Viel konnte er nicht erkennen, dafür war alles zu weit weg. Erst mit dem Fernglas sah er Licht auf dem Grundstück, mit dem er viel Geld verdiente. Ihm war schlecht geworden. Er rannte im Schlafanzug in die Garage und holte den alten Wagen seines Vaters hervor, mit dem er verbotenerweise ab und zu herumfuhr. Dass der Wagen nicht angemeldet und versichert war, wäre noch vertretbar gewesen, denn schließlich fuhr er nur auf seinem eigenen Grund und Boden damit herum. Aber Hofberger hatte auch keinen Führerschein, der wurde ihm vor drei Jahren wiederholt abgenommen. Er war mit seinem Traktor unterwegs gewesen und kam in eine Polizeikontrolle. Mit dem Traktor war alles in Ordnung, allerdings hatte er zu viel getrunken. Nicht viel, darauf hatte er geachtet, aber der gemessene Promillewert reichte zusammen mit den vorherigen Vergehen aus, den Führerschein erneut abgeben zu müssen. Um seine Fahrerlaubnis wieder zu bekommen, müsste er einen Idiotentest machen, der sehr schwer war und der sehr viel Geld kostete. Darauf hatte Hofberger keine Lust. Er fuhr trotzdem mit seinem Traktor auf öffentlichen Straßen. Was sollte passieren? Den Führerschein konnten sie ihm schließlich nicht noch einmal abnehmen. Auf seinem eigenen Grund nahm er gerne den alten Wagen, der in seinen Augen keinen Cent wert war. Eigentlich gehörte der längst auf den Schrott, aber solange er fuhr, behielt er ihn. Auch in der letzten Nacht nahm er den alten Wagen.

Wenn er an diese Nacht dachte, bekam er eine Gänsehaut. So schlimm sie auch angefangen hatte, so gut endete sie nun. Mit einer Extrazahlung.

Hofberger war mit seinem Wagen zu dem Acker gefahren. Je näher er kam, desto wütender wurde er. Konnte es sein, dass dort Verrückte herumfuhren und ein privates Motocross-Rennen veranstalteten? Erst dachte er, dass er zwei Lichter gesehen hatte, jetzt sah er nur noch eines. Hofberger ahnte nichts Gutes. Natürlich wusste er, dass das kein ebener Acker war, die Löcher darin hatte er selbst angelegt. Darin verschwanden Dinge, für die er sehr viel Geld bekam. Geld, das er dringend brauchen konnte, um seine unrentable Landwirtschaft nicht nur am Laufen zu halten, sondern auch zu subventionieren, wie er es gerne selbst bezeichnete. Er stellte den Wagen ab und wollte sich dem Geschehen nähern, um sich zunächst ein Bild davon zu machen, schließlich war er nicht der Stärkste und Mutigste. Auf eine körperliche Auseinandersetzung mit Halbstarken war er nicht scharf. Warum besaß er keine Schusswaffe? Schon seit Jahren war er auf der Suche nach einem Jagdgewehr, um Wild abzuknallen, das immer wieder Schäden auf seinem Grund verursachte. Vor allem würde er damit gegen diese verdammten Köter vorgehen, die sich immer wieder auf seinem Grund und Boden herumtrieben, was er nicht mochte. Aber er hatte nun mal keine Schusswaffe.

Hofberger war jetzt nah genug, um sich einen Überblick zu verschaffen. Dann fiel es ihm plötzlich ein! Verdammt – das Loch! Er hatte völlig vergessen, das Loch zuzuschütten, das er vor vier Wochen ausgehoben und nur notdürftig mit Zweigen abgedeckt hatte. Eine Person beugte sich über das Loch. Warum? Waren das nicht vorhin zwei Personen gewesen? Wo war der andere? Die Person auf seinem Grundstück holte sein Fahrzeug. Das war ein popliges Mofa, mehr nicht. Was machte der jetzt damit? Endlich verstand Hofberger. Die Person versuchte, in das Loch zu leuchten. Verdammter Mist! Jetzt hatte er sicher gesehen, was sich darin befand. Ihm wurde schlecht. Er raufte sich die wenig verbliebenen Haare. Was sollte er tun? Niemand wusste von seiner Nebeneinkunft und das musste auch so bleiben. Reichte das Licht des Mofas aus, um zu erkennen, was sich darin befand? In der Nacht war selbst das kleinste Licht sehr hell. Hofberger wurde panisch. Er durfte kein Risiko eingehen. Die Person musste verschwinden, und zwar für immer. Er griff nach einem Ast, der auf dem Boden lag. Ob er ihn damit erschlagen konnte? Er musste es zumindest versuchen.

Hofberger fasste seinen ganzen Mut zusammen und ging auf die Person zu. Aber der setzte sich einfach auf das Mofa und fuhr davon. Mist! Er musste ihm hinterher und ihn daran hindern, das Geheimnis zu verraten. Hofberger stieg in seinen Wagen und gab Gas, was bei der Karre nicht viel war. Trotzdem kam er dem Mofa immer näher. Hoffentlich konnte er ihn noch rechtzeitig erreichen, bevor der Typ jemanden ansprechen konnte. Noch waren sie beide alleine hier und er konnte den vermeintlichen Mitwisser ohne Zeugen beseitigen. Wie er die Person ausschalten wollte, wusste er noch nicht.

GIERSCHLUND

Michael Hofberger wurde immer nervöser. Er kannte jedes einzelne Schlagloch auf dem schmalen Feldweg, der Mofafahrer nicht. Hofberger beobachtete, wie das Mofa vor ihm hin und her geschleudert wurde, was sehr viel Zeit kostete. Zeit, die Hofberger nutzte, um aufzuschließen.

Dann schien ihn der Mofafahrer bemerkt zu haben. Er stoppte, stieg von seinem Mofa ab, stand ihm zugewandt und winkte. Erst jetzt erkannte Hofberger im Scheinwerferlicht, dass das ein junger Mann war, der nicht sehr furchteinflößend aussah. Aber darauf konnte er keine Rücksicht nehmen. Er drückte das Gaspedal durch und hielt auf den Mann zu. Es gab einen heftigen Knall, von dem er noch lange träumen würde. Er stoppte den Wagen und setzte zurück. Lebte der Junge noch? Hofberger stieg aus und war sich sicher, dass er ihn getötet hatte. Hier konnte der Junge nicht liegenbleiben, auch das Mofa nicht. Er schleppte die Leiche in das Maisfeld, das Mofa ebenso. Am nächsten Tag wollte er sich darum kümmern und beides vergraben, dafür hatte er jetzt keine Zeit. Er musste sich um die zweite Person kümmern, von der er nicht sicher war, ob er sie überhaupt gesehen hatte. Vor allem musste er sich um das Loch kümmern, das ging jetzt vor. Also fuhr er zurück, stoppte an dem Feld und hielt Ausschau nach einer zweiten Person. Hier war aber alles ruhig, weit und breit war nichts zu sehen und zu hören. Hofberger redete sich ein, dass er sich geirrt haben musste. Hier fuhr nur einer herum und um den hatte er sich bereits gekümmert. Er fuhr zu seinem Hof und holte seinen Traktor, an den er die große Schaufel montierte. Damit schüttete er das Loch zu, das er vor vier Wochen nur notdürftig abgedeckt hatte. Warum hatte er sich nicht schon längst darum gekümmert? Seine Nachlässigkeit war nicht zu entschuldigen, den Schlamassel hatte er selbst zu verantworten. Dieses Stück Grund war für einen Acker gänzlich ungeeignet gewesen, aber für seinen Nebenerwerb war es geradezu genial. Das ganze Stück war in den letzten zwei Jahren auf und wieder zu gegraben worden. Es war voller Fässer und Kanister, deren Inhalt Hofberger nicht interessierte. Es gab viel Geld dafür, damit er alles einfach für immer verschwinden ließ, mehr musste er nicht wissen.

Jetzt war dieses Grundstück nicht mehr sicher. Er arbeitete die ganze Nacht, um Unebenheiten auszugleichen und einen ansehnlichen Acker daraus zu machen. Als er in den frühen Morgenstunden soweit war, montierte er einen Pflug an seinen Traktor und pflügte das ganze Feld. Die Zeit drängte. Vor acht Uhr musste er sich um die Leiche und das Mofa gekümmert haben, denn um diese Zeit kam immer dieser verdammte Spaziergänger, der seinen Hund frei laufen ließ, auch wenn er ihm das ausdrücklich verboten hatte. Aber der Mann hielt sich nicht an seine Anweisungen und ließ seinen Köter trotzdem immer von der Leine. Hofberger wusste schon, weshalb er weder Hunde, noch deren Besitzer leiden konnte. Wenn es nach ihm ginge, würde er die freilaufenden, überall herumscheißenden Köter einfach abknallen – und die Besitzer gleich mit.

Hofberger war soweit fertig. Jetzt fehlte nur noch der Odel, den er auf das neue Feld ausbringen wollte, aber das musste noch warten. Zuerst waren die Leiche und das Mofa dran. Rasch fuhr er zurück auf den Hof, koppelte den Pflug ab und montierte erneut die große Schaufel an den Traktor. Dort hinein mussten Leiche und Mofa, die er beide in seinem Waldstück vergraben wollte. Dahin ging der Spaziergänger mit seinem Köter nie, dort konnte er die Leiche und das Mofa einfach verschwinden lassen.

Gerade, als er an der Anhöhe war, sah er den Spaziergänger, der gerade seinen Köter von der Leine ließ. Verdammt! Warum musste der Typ gerade heute zehn Minuten früher hier sein? Hofberger musste mit ansehen, wie der Hund die Leiche laut bellend aufspürte. Anstatt seinen Köter zu ignorieren, bahnte sich der Besitzer den Weg durch den hochstehenden Mais zu der Leiche. Dieser verdammte Hundebesitzer mit seinem Köter vermasselte ihm alles. Er hätte die beiden längst abknallen sollen.

Hofberger beobachtete, wie der Mann sein Handy zückte. Jetzt war es höchste Zeit, abzuhauen und die Arbeit auf dem neuen Acker zu vervollständigen. Er fuhr zurück zum Hof, belud das Odelfass und fuhr damit auf sein Feld. Natürlich würde es ihn interessieren, was an seinem Maisfeld vor sich ging, aber darum konnte er sich jetzt noch nicht kümmern. Die erste Ladung war ausgebracht. Er musste zurück, um das Odelfass wieder aufzufüllen. Bevor er zum Hof zurückfuhr, wagte er einen Blick auf das Geschehen am Maisfeld, die Neugier war einfach zu groß. Er beobachtete mit dem Fernglas, was er erwartet hatte: Die Polizei und viele Neugierige waren vor Ort. Er wurde stinksauer! So, wie die Leute auf seinen Feldern standen, machten die alles kaputt. Wütend fuhr er zum Hof und füllte das Odelfass auf. Dann fuhr er wieder zu seinem neuen Acker.

Als Hofberger seinen Odel ausbrachte, tauchte irgendwann der Spaziergänger mit seinem Köter auf. Hofberger sah lachend zu, als der der Besitzer rasch seinen Hund anleinte, damit sich der nicht in dem frischen Odel wälzen konnte. Hofberger nahm sich vor, das jetzt sehr viel öfter zu machen, um endgültig alle Hundebesitzer abzuschrecken, die er hasste, wie die Pest.

Hofberger brauchte eine Pause, schließlich hatte er die ganze Nacht hindurch gearbeitet. Nachdem er etwas gegessen hatte, legte er sich zwei Stunden hin, da er völlig fertig war. Danach füllte er das Odelfass erneut. Noch zwei oder drei Ladungen, dann war die Odelgrube leer. Fröhlich pfeifend fuhr er auf den neuen Acker.

Dass die Kriminalpolizei mit einer Hundertschaft anrückte, konnte er nicht ahnen. Er nahm an, dass das als normaler Unfall eingestuft wurde und es nicht lange dauern würde, bis Gras über die Sache gewachsen war. Aber das war nicht der Fall. Er war noch nicht ganz fertig, als Polizisten ihn gewaltsam von seiner Arbeit abhalten wollten. So eine Frechheit! Was hatten die auf seinem Grund und Boden verloren? Hätte er sich die Pause nicht gegönnt, wäre er längst fertig mit der Arbeit. Jetzt zählte jede Minute.

Der Tag war quasi vorbei und trotz allem war Hofberger mehr als zufrieden. Er hatte sich einen Obolus redlich verdient. Er hielt ununterbrochen sein

Fernglas in Händen. Wo blieb die Kohle? Sie hatten sonst zwar auch keine Zeit vereinbart, zum Einbruch der Dunkelheit aber war das Geld immer am vereinbarten Platz. Ob es schon dort lag? Hofberger scheute davor zurück, nachzusehen, schließlich war es eine der Bedingungen gewesen, dass man sich nie persönlich gegenüberstand. Die Stimme am Telefon war männlich, das war klar. Aber um wen es sich handelte, erfuhr er nicht und das hatte ihn auch nie interessiert. Vor über zwei Jahren bekam er einen Anruf und ihm wurde ein lukratives Geschäft vorgeschlagen, das er sofort ohne Fragen zu stellen annahm. Warum hätte er das nicht tun sollen? Die Felder, Wiesen und Rinder brachten schon lange nicht mehr genug ein, um anständig davon leben zu können. Endlich konnte er mit seinem Eigentum richtig Geld verdienen. Dass sich in den Fässern und Kanistern etwas Gefährliches befand, war ihm gleichgültig.

Hofberger musste lange warten, bis endlich Bewegung ins Spiel kam. Ein Wagen fuhr langsam den Feldweg entlang und stoppte an der Bank, die über und über mit Brennnesseln zugewachsen war, was von Hofberger so gewollt war. Der Baumstumpf dahinter war das vereinbarte Depot. Dann wendete das Fahrzeug und fuhr wieder davon. Der Mais stand zu hoch, um Marke, Farbe oder ein Kfz-Kennzeichen erkennen zu können, den Mann hatte er nicht einmal gesehen. Aber das war nicht wichtig, ihn interessierte nur das Geld.

Hofberger trieb die Neugier. Wie hoch mochte der Obolus ausgefallen sein? Er lief viel zu schnell und war außer Atem, als er endlich an dem Versteck angekommen war.

Hektisch zog er ein Bündel hervor und öffnete es sofort. Sprachlos blickte er auf den Inhalt. Zeitungspapier? Was sollte der Scheiß?

Er spürte einen heftigen Schmerz, dann wurde alles schwarz.

7.

Die Stimmung während der Besprechung war denkbar schlecht. Alle waren enttäuscht darüber, dass Julian Brechtinger immer noch nicht aufgetaucht war. Und natürlich auch darüber, dass die gestrige Suchaktion absolut nichts gebracht hatte. Sie hatten nicht die kleinste Spur und auch keinen neuen Ermittlungsansatz.

„Irgendwelche Vorschläge?", fragte Krohmer in die Runde. Die Zeitungen berichteten nicht mehr von dem, was in Burgkirchen geschah. Vor der Presse hatten sie also Ruhe. Aber der Staatsanwalt drängte zu einem raschen Ergebnis. Die Familien Brechtinger und Geiger waren keine Unbekannten.

„Morgen ist die Beerdigung von Noah Geiger. Wir werden selbstverständlich daran teilnehmen. Vielleicht gibt es dort etwas, was uns hilft." Viktoria schwitze schon jetzt wie verrückt. Das Gewitter der letzten Nacht hatte kaum Abkühlung gebracht. Wenn es um diese frühe Stunde schon so schwül war, wie würde dann der Tag werden?

„Ich hätte einen Vorschlag", sagte Leo. Hans verdrehte die Augen. Er wusste, was jetzt kommen würde.

„Bitte. Raus mit der Sprache, ich bin ganz Ohr."

„Ich kann mir einfach nicht vorstellen, wie man mit zwei Schuhgeschäften solch ein Luxusleben führen kann, wie es die Geigers tun. Bevor jetzt alle auf mich einhacken: Ja, ich weiß, dass das Ehepaar Geiger ihr einziges Kind verloren hat. Trotzdem sollten wir uns die Finanzen genauer vornehmen. Und damit meine ich auch die Geschäftsunterlagen."

Es folgte eine hitzige Diskussion, die Krohmer unterbrach.

„Gut, ich bin einverstanden", stimmte er überraschenderweise zu. Auch Krohmer war das opulente Leben der Familie Geiger aufgefallen.

„Mich würden die Finanzen von Jochen Müller auch interessieren", fügte Viktoria hinzu. „Und wenn wir schon dabei sind, sollten wir uns das Baugeschäft vornehmen."

Krohmer stöhnte und nickte schließlich. Heikle Beschlüsse, die der Staatsanwalt genehmigen musste. Aber hatte er ihm nicht gestern Abend seine uneingeschränkte Mithilfe angeboten?

„Treffen Sie die entsprechenden Vorbereitungen, ich kümmere mich um die Beschlüsse."

Das Gespräch mit Staatsanwalt Eberwein war hitzig, was Krohmer erwartet hatte. Er brachte Argumente vor, die den Staatsanwalt schließlich überzeugten.

„Ich hatte keine Ahnung, dass die Familie Geiger so vermögend ist. Auch die Finanzen von Jochen Müller sind auffällig. Gut, Sie bekommen Ihre Beschlüsse. Sie versprechen mir aber, so diskret wie möglich vorzugehen, haben wir uns verstanden?" Eberwein hatte Bauchschmerzen. Er wusste, dass morgen die Beerdigung war. Und nur einen Tag vorher wurden die Geschäftsräume durchsucht. Den Ärger konnte er schon riechen. Über Jochen Müller machte er sich keine Gedanken, aber um Brechtinger und vor allem um die

Geigers, die er persönlich von diversen Golfturnieren kannte. Wenn Brechtinger nichts zu verbergen hatte, gab es hoffentlich von dieser Seite keine Probleme, aber Alexander Geiger würde sich das nicht so einfach gefallen lassen. Eberwein hatte ein mulmiges Gefühl, als er die Beschlüsse unterzeichnete.

Die Aufregung in beiden Schuhgeschäften war groß. Leo und Werner übernahmen die Filiale in Garching, Viktoria und Werner das Hauptgeschäft in Burghausen. Fuchs hatte seine Mannschaft aufgeteilt, was ihm nicht passte. Er wäre gerne in beiden Geschäften anwesend gewesen, um die Arbeit zu überwachen. Aber er konnte sich schließlich nicht teilen und wählte die Garchinger Filiale.

Das Personal, bei dem es sich ausschließlich um Frauen handelte, reagierte erschrocken, als plötzlich die Polizei hereinstürmte und alle Kunden bat, das Geschäft zu verlassen, nachdem deren Personalien festgestellt wurden. Das Personal, bestehend aus sieben Damen, wurde in den Aufenthaltsraum beordert. Niemandem wurde erlaubt, zu telefonieren, worauf Hans achtete, der gerne auf die Damen aufpasste. Ein Polizist blieb beim Verkaufstresen stehen, zu dem niemand mehr Zugang bekam. Keiner durfte an die Kasse und vor allem nicht ans Telefon. Leo, zwei Polizisten, Fuchs und drei seiner Mitarbeiter gingen ins Büro. Bettina Geiger war heute nicht hier, sie bereitete die Beerdigung vor. Eine Verkäuferin legte sich mit Hans an, als der sie befragen wollte.

„Das Ehepaar Geiger hat ihren Sohn verloren. Hat die Polizei keinen Anstand? Unsere Chefs sind ehrbare Geschäftsleute, die sich nichts vorzuwerfen haben. Was soll das hier?"

„Wir machen nur unseren Job, nicht mehr und nicht weniger. Bitte beantworten Sie einfach nur unsere Fragen. Je schneller Sie mit uns kooperieren, desto schneller sind wir wieder weg."

„Bevor ich auch nur ein Wort sage, rufe ich zuerst bei den Geigers an."

„Das darf ich leider nicht erlauben. Außerdem können die Ihnen im Moment sicher nicht helfen. Auch das Geschäft in Burghausen wird durchsucht."

„Warum machen Sie das? Was suchen Sie?"

Hans lächelte nur. Er hatte keine Lust darauf, sich länger zu erklären und wandte sich einfach an die nächste Angestellte.

Viktoria und Werner ging es ähnlich. Zum Glück waren weder Alexander, noch Bettina Geiger hier, was die ganze Sache vereinfachte. Friedrich Fuchs war in Garching fertig und fuhr direkt nach Burghausen. Dort riss er sofort die Leitung der Durchsuchung an sich und sah sich nochmals überall um. Hinter einem Gemälde entdeckte er einen Safe.

„Wer hat einen Schlüssel für den Safe?", fragte Viktoria die sieben Verkäuferinnen, von denen drei noch sehr jung waren. Sie bekam keine Antwort. „Wenn keiner den Schlüssel hat, werden wir den Safe wohl aufbrechen müssen", drohte sie.

„Jetzt gib der Polizei den Schlüssel, Margit", rief eine der jüngeren und auch die anderen drängelten.

„Haltet doch den Mund!", zischte die angesprochene Margit zurück.

Viktoria ging zu der Frau.

„Ich zähle bis drei. Sollte ich den Schlüssel dann nicht bekommen, brechen wir den Safe auf. Das steht dann selbstverständlich so in dem Bericht, der später dem Ehepaar Geiger übergeben wird. Da Sie für den entstandenen Schaden verantwortlich sind, fürchte ich, dass Sie dafür aufkommen müssen." Das wirkte. Zähneknirschend ging Margit in den kleinen Aufenthaltsraum, der mehr einem Lager glich und kramte in ihrer Tasche. Wortlos überreichte sie Viktoria den Schlüssel.

Fuchs nahm den Inhalt an sich, der aus einem Bündel Bargeld und einigen Papieren bestand.

Die Durchsuchungen hatten jeweils keine drei Stunden gedauert. Bis das Ehepaar Geiger Wind davon bekam, war alles vorbei.

Auf den Tischen des Besprechungszimmers der Mühldorfer Polizei stapelten sich Ordner und jede Menge Papiere, worum sich die Kriminalbeamten, sowie die komplette Spurensicherung kümmerte.

„Was ist eigentlich bei der Durchsuchung von Hofbergers Anwesen herausgekommen, Kollege Fuchs?", fragte Leo, der noch keinen Bericht darüber gesehen hatte.

„Wo nichts ist, kann man nichts finden", sagte Fuchs und nahm sich den nächsten Ordner vor.

„Was soll das heißen?"

„Wir konnten nicht ein Stück Papier finden."

„Verdammter Mist! Hofberger hat alles zur Seite geschafft?"

„Danach sieht es aus."

„Wir hätten dortbleiben und ihn nicht aus den Augen lassen sollen. Sobald wir hier fertig sind, werde ich mir den Typen nochmals vornehmen."

Es dauerte bis in die späten Abendstunden, bis ein Gesamtbild über die Geschäfte und Vermögensverhältnisse der Familie Geiger auf dem Tisch lag. In den letzten Stunden hatte sich nicht nur das Ehepaar Geiger, sondern auch deren Anwalt über die Polizeiarbeit beschwert und rechtliche Schritte angedroht. Besonders Alexander Geiger war sehr ungehalten über die Durchsuchungsaktionen. Krohmer hatte die ganze Wut abbekommen, womit er bereits gerechnet hatte, was ihm aber nichts ausmachte.

„Die Geigers sind clevere Geschäftsleute, das muss man ihnen lassen", sagte Werner. „Die beiden haben vorwiegend bei kleineren Produktionsfirmen im Osten, vor allem in Bulgarien und im asiatischen Raum, eingekauft. Die Einkaufspreise sind sehr gering, wohingegen die Verkaufspreise enorm sind. Die Geigers haben mehrere hundert Prozent aufgeschlagen und Billigproduktionen als hochwertige Produkte verkauft."

„Ist das legal? Ich nenne das Wucher", sagte Hans, der solche Praktiken nicht mochte.

„Das ist nicht verboten, das ist freie Marktwirtschaft."

„Ich habe in Burghausen fast ausschließlich Markenschuhe im Angebot gesehen", sagte Werner, der sich gut damit auskannte. „Darunter waren sehr teure Marken, die man eigentlich nur in Italien und England kaufen kann. Ich schlage vor, diese zu prüfen, zumal wir diesbezüglich keine Einkäufe gefunden haben."

„Du denkst an Plagiate?"

„Ja, so ist es. Wir sollten Schuhe mitnehmen und sie im Labor prüfen lassen. Das ist allerdings sehr zeitaufwendig. Sollten sich Plagiate bestätigen, wird das für die Geigers sehr unangenehm werden."

„Die Verträge mit den Produzenten sind für meine Begriffe fragwürdig. Wenn Sie mich fragen, sind das Knebelverträge mit den Ärmsten der Armen." Fuchs hatte alle Verträge auf einen Stapel gelegt. „Wenn Sie erlauben, würde ich die gerne dem Staatsanwalt zur Prüfung übergeben."

„Machen Sie das. Auch wenn diese Schuhprüfungen viel Geld kosten, sollten wir das in Angriff nehmen. Ich spreche mit Krohmer darüber, bin mir aber sicher, dass er zustimmen wird. - Mit den Geigers wären wir soweit durch. Mir ist jetzt klar, wie die zu ihrem Geld kommen. Und ich muss sagen, dass ich angewidert bin. Bezüglich des Mordes und des verschwundenen Julian sind wir dadurch aber keinen Schritt weitergekommen. Es ist siebzehn Uhr. Sollen wir Müller und die Baufirma heute noch in Angriff nehmen?" Viktoria war überhaupt nicht müde. Sie war voller Tatendrang und hoffte darauf, dass die Kollegen zustimmten.

„Auf jeden Fall!"

„Was ist mit Ihnen, Kollege Fuchs? Denken Sie, Sie bekommen Ihre Leute dazu, schon wieder auszurücken?"

„Selbstverständlich! Ich werde einen meiner Kollegen bitten, die betreffenden Markenschuhe aus den Regalen zu nehmen. Wenn Sie mir bitte die Marken notieren würden, Herr Grössert?" Fuchs war der Arbeitsaufwand gleichgültig. Er kannte keine Müdigkeit und keinen geregelten Arbeitstag. Wenn Arbeit anstand, musste die erledigt werden. Und diese Einstellung verlangte er auch von seinen Mitarbeitern. Fuchs war als Chef gefürchtet. Allerdings genoss er einen hervorragenden Ruf, weshalb sich viele darum rissen, in seinem Team arbeiten zu dürfen. Sobald eine Stelle frei wurde, klopften gleich mehrere an, um diese besetzen zu dürfen. Eine positive Beurteilung von Fuchs öffnete viele Türen.

Markus Brechtinger saß an seinem Schreibtisch, als die Kriminalpolizei eintrat. Die beiden Büroangestellten hatten längst Feierabend. Nur zwei Bauarbeiter waren noch auf dem Gelände und beluden ihre Fahrzeuge für den nächsten Tag.

Brechtinger war erschrocken und stellte viele Fragen, die Viktoria nicht beantwortete.

„Wir werden die Räumlichkeiten durchsuchen, sowie alle Geschäftsunterlagen mitnehmen. Hier ist der Beschluss."

„Was glauben Sie, hier zu finden", schrie Brechtinger aufgebracht. „Suchen Sie lieber nach Julian, als hier Ihre Zeit zu vergeuden."

Dann traf Müller ein, der sofort ein riesiges Theater veranstaltete. Er beschimpfte die Polizisten und machte ihnen heftige Vorwürfe. Dabei stellte er sich demonstrativ vor seinen Geschäftspartner und Mentor.

Die Kriminalbeamten blieben unbeeindruckt und arbeiteten weiter. Körbe voller Unterlagen wurden in die Einsatzfahrzeuge gebracht, was Müller mit ständigen Negativkommentaren unterlegte.

Brechtinger rief seine Frau an, die ebenfalls erschrocken auf die Durchsuchung reagierte. Sie versprach, sofort herzukommen. Bis sie hier war, war die Polizei jedoch schon wieder verschwunden.

„Müller ist ein Arsch", sagte Leo. „Hast du gesehen, wie nervös der war?"

„Wenn er wüsste, dass seine privaten Finanzunterlagen bereits auf unserem Tisch liegen, wäre er wahrscheinlich noch viel nervöser. Ich bin gespannt, was wir darin finden."

„Ich mache mich gleich an die Arbeit, heute Abend habe ich sowieso nichts Besseres vor."

„Hattest du in den letzten Wochen überhaupt irgendetwas vor? Außer der Arbeit kennst du doch nichts mehr. Es wird Zeit, dass du wieder unter Leute gehst."

„Das weiß ich selbst. Dass Viktoria hier ist, geht mir gegen den Strich. Ich hoffe, es dauert nicht mehr lange, bis sie endlich wieder weg ist. Ich weiß nicht warum, aber ihre Anwesenheit zieht mich runter."

„Du hängst noch viel zu sehr an ihr, das ist es." Damit traf Hans genau ins Schwarze.

„Schwachsinn!" Mehr fiel Leo dazu nicht ein.

„Wie auch immer, das ist deine Privatangelegenheit. Ich hätte heute Abend zwar eine Verabredung, aber die sage ich gerne ab. Ich habe eine Frau kennengelernt, die mir zu sehr klammert. Außerdem ist sie viel zu jung für mich. Sie ist gerade mal achtundzwanzig."

„Sind deine Bekanntschaften nicht alle viel zu jung für dich? Es wird Zeit, dass du mit dem Tod von Doris klarkommst. Deine vielen Frauengeschichten ändern nichts an der Tatsache, dass du deine Liebe verloren hast und dass sie nicht mehr wiederkommt. Wenn du Doris' Tod endlich akzeptierst, bist du wieder frei für eine neue, ehrliche Liebe."

„Schwachsinn!", sagte nun Hans. Was bildete sich Leo ein, ihm Ratschläge zu geben?

Genau dasselbe dachte Leo über Hans, die beiden waren sich in manchen Dingen sehr ähnlich.

Kurz vor Mitternacht waren die Kriminalbeamten mit der Durchsicht der Unterlagen fertig. Werner war längst zuhause. Er war der einzige mit Frau und Kind und somit mit einem funktionierenden Familienleben.

Leo war sauer und enttäuscht, denn sie hatten nichts gefunden. Hans und Viktoria ging es ähnlich.

„Lasst uns Schluss machen. Morgen kommen die Einzelverbindungsnachweise aller Verdächtigen. Ich hoffe, dass wir darin etwas finden, denn das heute war totale Zeitverschwendung."

8.

„Mach den Mund auf! Was ist gestern passiert? Was hast du mit Noahs Tod zu tun? Wo ist Julian? Was hast du mit ihm gemacht?"

Hofberger kam langsam zu sich. Er konnte nichts sehen und wurde panisch. Dann begriff er endlich, dass seine Augen verbunden waren. Er erkannte die Stimme.

„Ich weiß nicht, wovon du sprichst", stöhnte Hofberger, der heftige Kopfschmerzen hatte. Er wollte sich an den Kopf fassen, aber seine Hände und Füße waren gefesselt. Was sollte der Mist?

„Hast du Noah getötet?"

„Ich kenne keinen Noah!", schrie Hofberger.

„Noah wurde auf deinem Grund überfahren. Er war mit einem Mofa unterwegs. Reichen dir diese Informationen?"

Hofberger entschied, die Wahrheit zu sagen. Zumindest so viel, dass der Mann zufrieden war.

„Was hätte ich tun sollen? Der hat das Loch gesehen und auch das, was darin war. Er ist mit seinem Mofa davon und war dabei, die Bullen zu rufen. Ich musste ihn beseitigen, sonst wäre doch alles aufgeflogen. Ich musste etwas unternehmen, das war doch auch in deinem Interesse. Wir wären beide dran gewesen."

„Du hast ihn einfach überfahren?"

„Das hat mir sicher keinen Spaß gemacht. Denkst du, es ist eine einfache Sache, jemanden zu überfahren? Ich war in Panik und musste ihn stoppen. Er hat doch alles gesehen, verstehst du das nicht?"

Der Mann stöhnte auf. Was kam jetzt? Es war lange ruhig.

„Von welchem Loch sprichst du?"

Verdammt! Hofberger biss sich auf die Unterlippe, das hätte er nicht sagen dürfen. Ihm blieb nichts anderes übrig, als alles zuzugeben. Was hätte er sonst tun sollen? Dieser Irre hatte ihn in der Hand. Wer weiß, was dem sonst noch einfiel.

„Die letzte Lieferung vor vier Wochen kam sehr spät. Ich hatte das Loch nicht zugeschüttet, sondern nur abgedeckt. Das wollte ich am nächsten Tag erledigen und hab das einfach vergessen. Das war ein Fehler, ich weiß, aber…." Weiter kam Hofberger nicht, denn er bekam wieder einen heftigen Schlag ins Gesicht, dem ein Tritt in seine Hüfte folgte.

„Bist du wahnsinnig geworden? Durch diesen Fehler musste ein Mensch sterben. Wenn es nicht sogar zwei sind. Wo ist Julian? Mach den Mund auf! Ich scheue nicht davor zurück, dich windelweich zu prügeln, bis ich endlich meine Antwort habe. Wo ist Julian?"

„Mach mich los!" Hofberger versuchte, sich zu befreien, was ihm nicht gelang. Die Fesseln saßen fest, für seine Begriffe viel zu fest.

Dann bekam er wieder einen Schlag ins Gesicht. Für einen Moment drehte sich alles.

„Ich will wissen, wo Julian ist!"

Es folgte ein weiterer Schlag in den Magen, der Hofberger die Luft nahm. Der Mann war völlig irre geworden.

„Hör auf! Ich weiß nichts von einem Julian, den Namen habe ich noch nie gehört."

„Noah und Julian waren immer gemeinsam unterwegs. Du musst ihn gesehen haben."

„Ich dachte zuerst, dass ich zwei Personen gesehen habe, aber dann war da doch nur einer. Und den musste ich beseitigen. Von einer zweiten Person weiß ich nichts."

„Erzähl mir genau, was du gesehen hast. Und lüg mich nicht an!"

„Ich bin aufgewacht und habe Licht auf dem Gelände gesehen, auf dem die Fässer und Kanister vergraben sind. Ich bin dort hin und habe beobachtet, wie einer in das Loch schaute, das ich vergessen hatte, zuzuschütten. Der Typ stieg auf sein Mofa und fuhr davon. Den Rest kennst du ja."

„Was hast du dann gemacht?"

„Nachdem ich den Typ erledigt hatte, fuhr ich zurück und habe das Loch zugeschüttet. Danach…"

„Du hast was?"

„Ich habe das Loch zugeschüttet. Danach habe ich das ganze Gelände so gut es ging eingeebnet und habe es umgeackert. Zum Schluss bin ich mit einer satten Ladung Odel drüber, um Neugierige und Hunde abzuschrecken. Ich habe alles richtig gemacht, denn am Nachmittag rückte die Polizei mit einem riesigen Suchtrupp an. Aber Spuren des Toten wurden keine gefunden."

„Welches Toten?"

„Des Mofafahrers natürlich, von wem sollte ich sonst sprechen?"

„Hast du in dieses Loch gesehen, bevor du es zugeschüttet hast?"

„Warum sollte ich?"

„Um dich zu vergewissern, dass dort niemand drin liegt, deshalb."

„Du meinst…?"

„Genau das meine ich. Durch deine Dummheit ist Julian offensichtlich in das Loch gefallen und Noah wollte Hilfe holen. Du hast den Jungen ebenfalls auf dem Gewissen."

Hofberger wurde schlecht und er musste sich übergeben. Das meiste landete auf seinem Hemd. Die Gedanken rasten durch seinen Kopf. Wenn das stimmte, dann hatte er zwei Leben ausgelöscht. Eins wissentlich, aber das andere war quasi ein Unfall.

„Ich habe niemanden gesehen, ich schwöre. Angenommen, der Junge ist wirklich in das Loch gefallen, was ich bezweifle. Wer sagt, dass der Junge noch gelebt hat? Vielleicht war er bereits tot?"

„Und wenn nicht? Dann musst du bis zum Ende deines jämmerlichen Lebens damit klarkommen, dass du nicht nur einen Menschen totgefahren hast, sondern auch einen lebendig begraben hast. Ich hoffe, dieses Wissen und die Bilder dazu lassen dich nicht mehr zur Ruhe kommen."

Hofberger hörte Schritte und rechnete damit, einen weiteren Schlag abzubekommen. Er redete und redete, aber er bekam keine Antwort mehr. Ganz langsam begriff er, dass der andere gegangen war. Im ersten Moment war er froh darüber und lachte hysterisch. Je mehr Zeit verstrich, desto panischer wurde er. Der Typ würde ihn doch hier nicht einfach hilflos zurücklassen?

9.

Leo hatte schlecht geschlafen. Die Sorge um den verschwundenen Julian Brechtinger ließ ihn nicht zur Ruhe kommen. Noch vor Arbeitsantritt entschied er spontan, zu Hofberger zu fahren und ihn erneut zu befragen. Aber er stand vor verschlossenen Türen. Der Hof wirkte verwaist. Hier stimmte etwas nicht. Die Kühe im Stall schrien, was ihn dazu veranlasste, dort nachzusehen. Er rief Hans an und beschrieb ihm die Lage.

„Das Geschrei der Tiere ist kaum auszuhalten. Wenn du mich fragst, ist Hofberger abgehauen."

„Wir geben eine Fahndung raus. Bleib, wo du bist, ich bin unterwegs." Hans rief einen Freund an, der als Landwirt seinen Lebensunterhalt verdiente. Er erklärte ihm, worum es ging. Hans brauchte Hilfe, denn dreißig Rinder waren für ihn zu viel. Außerdem war es lange her, dass er sich um Tiere gekümmert hatte.

„Die Rinder müssen versorgt werden."

„Wie viele sind es?"

„Dreißig."

„Wo ist das genau?"

Hans gab ihm die Adresse in Burgkirchen.

„Das ist nicht gerade der nächste Weg", stöhnte der. „Ich bin unterwegs. Aber vergiss nicht, dass du mir etwas schuldest, verstanden?"

„Klar, Ronald, ich habe verstanden."

GIERSCHLUND

Leo fühlte sich mit den Rindern völlig überfordert. Er war kein Kind vom Land und wusste nicht, was zu tun war. Trotzdem wollte er helfen, wie es in seiner Macht stand. Er nahm an, dass die Tiere vermutlich Hunger hatten. Er ging zum Ende des Stalls, wo das Stroh in Ballen lagerte. Alle Augenpaare folgten ihm, was fast unheimlich war. Er nahm die Mistgabel und fing an, das Stroh zu verteilen. Als er bei der Hälfte war, kam Hans in den Stall. Sofort half er ihm. Dann traf Ronald ein, der sich umgehend daran machte, die Kühe zu melken.

„Die wurden seit gestern nicht mehr gemolken. War kein Futter mehr in der Rinne?"

„Nein, es war alles leer."

„Dann hat sich gestern Abend niemand um die Tiere gekümmert. Eine Sauerei ist das. Du musst das Veterinäramt verständigen, die Tiere müssen versorgt werden."

„Mach ich."

Ronald war mit dem letzten Tier fertig, als ein großer Transporter in den Hof fuhr. Ein Tier nach dem anderen wurde verladen. Als dieser voll beladen war und wegfuhr, kam auch schon der nächste, der bereits gewartet hatte. Für die Lastwagen war das Befahren der sehr schmalen Feldwege eine Meisterleistung, die von allen bewundert wurde.

„Was ist, wenn Hofberger doch noch auftaucht? Was sollen wir ihm erzählen?" Leo bekam Gewissensbisse. Ging das nicht alles viel zu schnell? Hätten sie nicht zwei oder drei Tage abwarten sollen, bevor sie reagierten?

„Das ist mir völlig egal. Wenn er zurückkommt, soll er seine Tiere suchen. Es ist eine Sauerei, die Rinder unversorgt einfach zurückzulassen, das ist Tierquälerei", sagte Hans wütend und Ronald pflichtete ihm bei.

Leo, Hans und Ronald sahen dem letzten Transporter hinterher, als endlich alles Tiere verladen waren. Vor allem Leo war völlig erschöpft von der Arbeit, die er nicht gewohnt war.

„Gute Arbeit, vielen Dank", sagte Leo erleichtert und gab Ronald die Hand.

„Wenn ihr den Deppen findet, haut ihm von mir eine rein. Solche Typen habe ich echt gefressen."

Hans fuhr los. Noch bevor Leo ihm folgen konnte, bemerkte er einen braunen Hund, der fröhlich über die Wiesen sprang. War das nicht der Bertl, der die Leiche Noahs fand? Jetzt erkannte Leo Karl Eberhardt, der langsam den Weg entlangschlenderte. Leo startete den Wagen und fuhr zu ihm. Als Bertl ihn bemerkte, sprang er auf Leo zu und begrüßte ihn wie einen alten Freund.

„Herr Kommissar!", begrüßte ihn Karl Eberhardt. Der Mann war bester Laune. „Haben Sie den Unfallverursacher gefunden?"

„Noch nicht, aber wir sind dran. Sie kennen sich doch in der Gegend aus und kennen viele Leute."

„Kann man so sagen. Ich bin zwar kein gebürtiger Burgkirchner, lebe hier aber schon seit vierundzwanzig Jahren. Da gehört man zwar noch nicht zur Dorfgemeinschaft, aber man wird zumindest geduldet", lachte Eberhardt. „Wie kann ich Ihnen helfen?"

„Zum einen bin ich auf der Suche nach Hofberger."

„Den habe ihn heute noch nicht gesehen. Hofberger ist kein netter Zeitgenosse, das kann ich Ihnen sagen. Er mag es nicht, wenn man hier langgeht und vergrault jeden, der es trotzdem wagt. Die meisten haben Angst vor ihm, ich fürchte mich nicht. Ich lasse mich nicht verjagen. Ich muss zugeben, dass es mir Spaß macht, wenn er sich aufregt. Ich stand vor meiner Pensionierung kurz vor einem Burnout und habe mich immer über alles und jeden schrecklich aufgeregt. Seit ich pensioniert bin, werde ich immer ruhiger. Wenn sich Hofberger mit mir anlegt, ist das für mich immer schön zu sehen, wie ruhig und gelassen ich geworden bin."

„Haben Sie diesen Wagen schon mal gesehen?" Leo zeigte ihm das Foto eines Lloyd 300, das Fuchs jedem überlassen hatte.

„Moment, den Wagen kenne ich. Der, den ich meine, sieht sehr mitgenommen aus, aber trotzdem erkenne ich das Modell."

Leo wurde hellhörig.

„Wo haben Sie den Wagen gesehen?"

„Hofberger fährt so einen."

„Auf seinem Hof haben wir den Wagen nicht gefunden."

„Der alte Grantler hat eine Scheune, vielleicht steht der Wagen dort."

„Wo ist diese Scheune?"

„Sehen Sie das Waldstück hinter dem neuen Acker? Nach dem Waldstück müssen Sie sich links halten. In einer Senke steht die Scheune. Der Feldweg bis dorthin ist ziemlich schlecht, Sie müssen mit Ihrem Wagen aufpassen."

Leo rief Hans an und beorderte ihn zurück. Der war noch nicht weit gekommen. Er stand vor einem Bäcker in Burgkirchen, wo er sich einen Kaffee gekauft hatte und noch einen Plausch mit der Verkäuferin hielt.

„Sie haben gerade von einem neuen Acker gesprochen."

„Der dort, den Hofberger frisch geodelt hat, als der schreckliche Unfall geschah."

„Der Acker war vorher noch nicht?"

„Nein, das war noch am Tag vor dem Unfall eine ungepflegte Buckelpiste. Am nächsten Tag war da auf einmal eine recht ansehnliche Ackerfläche entstanden. Ich drehe hier auch am Abend noch meine Runde, allerdings nicht ganz so weit wie am Morgen. Und am Abend war alles noch wie immer. Hofberger muss die ganze Nacht gearbeitet haben."

Bertl bellte ungeduldig. Sein Herrchen quatschte schon viel zu lange und kam nicht vorwärts, was dem Hund überhaupt nicht gefiel.

„Vielen Dank, Herr Eberhardt. Sie haben uns sehr geholfen."

„Gerne. Schönen Tag noch."

Was hatte das zu bedeuten? Warum legte Hofberger nachts einen neuen Acker an? Leo rief Fuchs an und bat ihn, sofort herzukommen.

Hans fuhr auf ihn zu und Leo berichtete, was er erfahren hatten.

„Wir warten auf Fuchs. Er und seine Leute sollen sich den Acker vornehmen. Danach suchen wir beide nach der Scheune. Warum wissen wir darüber nichts?"

„Entweder ist die Scheune ein unerlaubter Bau, wie er oft vorkommt, oder sie steht schon so lange, dass sie nirgends verzeichnet ist."

Leo und Hans warteten auf die Spurensicherung. Dabei sah Leo neidisch auf Hans' Kaffeebecher.

„Ich hatte heute noch keinen Kaffee. Du hättest mir gerne einen mitbringen können."

„So spielt das Leben, mein Freund", lachte Hans und dachte nicht daran, ihm etwas abzugeben. Vielmehr dachte er daran, dass sich in seiner Brusttasche die Telefonnummer der Frau befand, die ihm diesen köstlichen Kaffee verkauft hatte.

Leo besah sich den Acker und bekam eine Gänsehaut. Konnte es sein, dass hier die Leiche des Vermissten vergraben war? Warum sonst hätte sich Hofberger die Nacht um die Ohren schlagen und einen neuen Acker anlegen sollen?

Hans dachte ähnlich, behielt das aber für sich.

Friedrich Fuchs rückte mit der ganzen Mannschaft an. Die größeren Fahrzeuge hatten auf dem schmalen Feldweg Mühe, aber schließlich waren alle heil angekommen. Fuchs brauchte keine großen Erklärungen. Er verstand recht schnell, worum es ging.

Alle beobachteten, wie Fuchs den Acker genauer ansah. Dann betrat er den Acker und schritt ihn ab. Er bückte sich, kniete und manchmal legte er sich sogar hin. Dabei war es ihm völlig egal, dass auf dem Feld eine dicke Schicht Gülle lag, die zwar trocken war, aber immer noch fürchterlich stank. Dann ging er energisch zum Wagen und holte ein Spray, mit dem er auf dem ganzen Feld dicke Kreuze machte.

„Fuchs hat das im Griff. Lass uns gehen, suchen wir nach der Scheune."

„Machen wir. Obwohl ich Fuchs gerne noch länger zugesehen hätte. Es ist echt lustig, wie dieses kleine Wiesel arbeitet."

„Ist dir schon eine passende Geschenkidee eingefallen?"

„Nein. Hast du einen Vorschlag?"

„Nein."

Nach dem kleinen Waldstück hielten sie sich rechts. Wie Eberhardt gesagt hatte, stand da tatsächlich eine relativ neue Scheune.

„Hätte ich mir ja denken können, dass Hofberger die illegal gebaut hat", schimpfte Hans, der diese Eigenmächtigkeit nicht mochte. Alle hatten sich an Gesetze zu halten, was Hofberger offensichtlich nicht tat. Leo lenkte den Wagen geschickt über die Unebenheiten des Feldweges.

Die Tür der Scheune war verschlossen. Zusätzlich war ein Vorhängeschloss angebracht. Für Leo, der beides mit einem Brecheisen, das Leo zur allgemeinen Belustigung immer als Kuhfuß bezeichnete, aufbrach, war das kein Problem. Er führte diesen schon lange im Wagen mit. Er war es leid, immer wieder vor verschlossenen Türen stehen zu müssen und kein Werkzeug parat zu haben. Ein Kuhfuß passte immer, auch wenn Schlösser und Türen nach dem Einsatz unbrauchbar waren.

Hinter Stapeln von Stroh und unter mehreren Planen fanden sie den Wagen.

„Ein Lloyd 300. Das ist das Fahrzeug, nach dem wir suchen. Die Unfallspuren sind deutlich zusehen." Leo freute sich. Endlich kamen sie einen Schritt voran.

„Und hier sind Hofbergers Unterlagen. Der Mann hat einfach alles hier in die Scheune gebracht. Für wie dumm muss der uns halten? Ich freue mich auf ein Gespräch mit ihm."

10.

„Julian Brechtinger ist aufgetaucht. Er wurde von Spaziergängern kurz vor Burghausen gefunden. Er ist im Krankenhaus, es geht ihm den Umständen entsprechend gut." Als Leo und Hans endlich im Mühldorfer Polizeipräsidium eintrafen, nahmen sie die Information Krohmers mit Erleichterung auf. Beide hatten damit gerechnet, dass die Leiche in dem Acker vergraben war, was sich als falsch herausstellte. Aber was hatte es dann mit diesem Acker auf sich?

Die gute Nachricht verbreitete sich rasch. Noch bevor Viktoria das Ehepaar Brechtinger informieren konnte, wussten sie bereits Bescheid.

„Das wissen wir schon, einer von Julians Schulkameraden hat uns vor zehn Minuten angerufen. Wir sind bereits auf dem Weg ins Krankenhaus."

Leo und Hans wollten auf dem Absatz kehrtmachen und ebenfalls in Krankenhaus fahren, aber Viktoria pfiff sie zurück.

„Das könnte euch so passen! Diesmal fahren Werner und ich. Wir haben bereits die Beerdigung heute Vormittag übernehmen müssen. Ihr beide schreibt gefälligst euren Bericht."

„Wie war die Beerdigung?" Leo hatte nicht mehr daran gedacht und Hans war froh, drum herumgekommen zu sein.

„Wie Beerdigungen nun mal so sind. Einfach nur schrecklich. Die Kirche war proppenvoll, die meisten mussten vor der Kirche stehen. Der Friedhof war völlig überfüllt. Ihr könnt euch vorstellen, wie traurig das alles war, das ging nicht nur mir an die Nieren", sagte Viktoria und putzte sich die Nase. Sie konnte die Trauer der Eltern, der Familie und der vielen Freunde fast nicht ertragen. Werner ging es ähnlich. Er musste sich zusammenreißen und war froh, als er endlich gehen konnte. Seitdem saßen er und Viktoria schweigend im Büro.

Werner freute sich, endlich aus dem Büro kommen zu dürfen. Vor allem, weil er Viktorias miese Laune nur schwer ertragen konnte. Endlich lachte sie wieder. Hatte sie die Beerdigung und die Ungewissheit Julian betreffend so sehr belastet?

„Krohmer sagte, dass es Julian den Umständen entsprechend sehr gut geht. Er ist ansprechbar. Ich bin gespannt darauf, was er uns zu sagen hat." Viktoria rieb sich die Hände. Es war nicht nur die Gewissheit, dass Julian aufgetaucht war und dass es ihm relativ gut zu gehen schien, was ihre Laune verbesserte. Vielmehr war es die Neugier auf die Hintergründe, was Julian widerfahren war.

Im Krankenhaus angekommen, musste Werner Viktoria bremsen, die schnurstracks zum Krankenzimmer des Patienten gehen wollte. Werner musste sich zuerst ein Bild über den Gesundheitszustand des Patienten machen, bevor er mit ihm sprach. Viktoria drängelte. Sie konnte es kaum erwarten, mit Julian zu sprechen und war sauer über die Verzögerung. Aber schließlich gab sie nach, Werner hatte Recht.

„Dem Patienten Brechtinger geht es soweit gut. Er war dehydriert, was wir rasch behandeln konnten. Eine leichte Gehirnerschütterung macht mir keine Sorgen, die bekommen wir in den Griff. Außerdem hatte der Patient schon kurz nach seiner Einlieferung großen Appetit. Er hat quasi alles gegessen, was wir ihm vorsetzten. Die Schwester musste ihn bremsen, nicht alles auf einmal in den Mund zu stecken." Der Arzt lachte, er war erleichtert. Als der Patient eingeliefert wurde, sah er gar nicht gut aus. Nach der Untersuchung und der Erstversorgung hatte er sich zum Glück rasch erholt.

„Keine weiteren Verletzungen?"

„Kratzer und Abschürfungen, die kaum erwähnenswert sind. Am Gesäß und am unteren Rücken hat er Hämatome, die nicht gefährlich sind und schnell verheilen werden."

„Dürfen wir mit ihm sprechen?"

„Selbstverständlich."

Das Ehepaar Brechtinger saß am Bett ihres Sohnes. Die Stimmung war bestens, allen war die Erleichterung anzusehen.

„Dürfen wir mit Ihrem Sohn allein sprechen?"

„Warum kann die Polizei meinen Jungen nicht in Ruhe lassen? Er hat viel mitgemacht und muss sich erholen." Frau Brechtinger hielt die Hand ihres Sohnes und streichelte sie ununterbrochen.

Herr Brechtinger stand auf und gab seiner Frau ein Zeichen, ihm zu folgen. Die reagierte nicht.

„Lass nur, Mama, ich möchte mit der Polizei sprechen."

Endlich stand die Frau auf und warf Viktoria einen strafenden Blick zu. Markus Brechtinger ging dicht an Viktoria vorbei. „Er weiß noch nichts von Noahs Tod", flüsterte er.

„Wir sind alle froh, dass Sie gesund und munter aufgetaucht sind. Wir haben uns Sorgen gemacht. Können Sie uns erklären, was geschehen ist?"

„Ich möchte Noah nicht mit reinreiten", zögerte Julian.

„Wegen der Mofa-Touren? Keine Sorge, das wissen wir schon."

„Meine Eltern auch?"

„Ja."

„Noah war ja sehr mitteilungsbedürftig", lachte Julian. „Na ja, dann wissen Sie ja, warum wir auf dem Gelände waren."

„Sie sprechen von diesem Gelände?" Werner hielt ihm eine Karte vor und zeigte auf die Stelle, an der jetzt der neue Acker war.

„Genau da waren wir. Wir fuhren eine tolle Challenge, bis sich auf einmal die Erde auftat. Das klingt jetzt blöd, aber ich bin tatsächlich mit meinem Mofa in ein Loch gefallen. Der Aufprall hat höllisch wehgetan. Ich muss kurz weggewesen sein. Als ich zu mir kam, war von Noah nichts zu sehen. Ich rief nach ihm, aber der war vermutlich getürmt. Der kann was erleben, wenn ich ihn in die Finger bekomme, das können Sie mir glauben."

„Wie sind Sie aus dem Loch rausgekommen?"

„Dort lagen jede Menge Fässer und Kanister. Ich habe es geschafft, mehrere Kanister aufeinander zu stapeln und konnte schließlich rausklettern. Ich lief los. Dann reißt mir der Faden, ab da weiß ich nichts mehr. Vorhin kam ich wieder zu mir, als mich die nette Schwester angelächelt hat." Julian lachte. „Ich dachte, ich bin im Himmel, bis ich begriff, dass ich in einem Krankenhaus liege."

Werner rief umgehend Fuchs an, der mit seinen Leuten an dem Acker arbeitete.

„Wir haben eben erfahren, dass in dem Acker vermutlich Fässer und Kanister lagern."

„Danke für die Warnung, die gerade noch rechtzeitig kommt. Wir sind bereits auf so etwas Ähnliches wie Fässer gestoßen und waren gerade dabei, weiter zu graben. Wir werden hier nicht weitermachen, das müssen Spezialisten übernehmen."

„Bleiben Sie vor Ort, bis die Kollegen eintreffen."

„Machen wir."

Werner rief Krohmer an, der sofort Alarm schlug und Spezialkräfte anforderte.

Julian hörte fassungslos zu.

„Was geht hier ab?"

„Die Fässer und Kanister müssen geborgen werden. Haben Sie den Arzt darüber informiert?"

„Nein, warum sollte ich?"

„Dann werden wir das tun."

„Was ist in diesen verdammten Fässern drin? Bin ich verseucht?" Julian wurde panisch.

„Das wissen wir noch nicht. Es bringt jetzt nichts, wenn Sie sich aufregen. Es werden Tests gemacht, danach wissen wir mehr."

Werner sprach sehr ruhig, was Julian guttat.

GIERSCHLUND

„Ich habe versucht, Noah anzurufen, aber er geht nicht ran. Ich habe meine Eltern auf Noah angesprochen, aber die wichen mir aus. Was ist mit Noah? Hat er Ärger am Hals wegen der blöden Geschichte? Oder liegt es an mir? Macht man ihn für mein Verschwinden verantwortlich? Ich kann Ihnen versichern, dass das nicht seine Schuld war. Es war mein Fehler, dass ich in das Loch gefallen bin, ich hätte besser aufpassen müssen, Noah kann nichts dafür. Als ich rauskam, bin ich vermutlich einfach nur in die falsche Richtung gelaufen. Noah hat sicher Gewissensbisse wegen der Sache. Ich würde gerne mit ihm sprechen und ihm klarmachen, dass er nicht schuld daran ist."

Viktoria wusste nicht, was sie sagen sollte. Die Wahrheit? War das nicht zu viel für Julian?

Werner nickte Viktoria zu; die verstand sofort und war einverstanden. Werner wollte es übernehmen, Julian die Wahrheit zu sagen.

„Noah lebt nicht mehr. Er wurde überfahren."

Julian sah Werner an, dann Viktoria.

„Stimmt das? Noah ist tot? Das kann nicht sein. Wie ist das passiert?"

„Wir nehmen an, dass er Hilfe holen wollte. Dabei wurde er überfahren." Werner war sich nicht sicher, ob das der Wahrheit entsprach, aber er ging davon aus, dass das stimmte.

Julian weinte.

„Kann ich bitte alleine sein?"

„Wenn Sie das möchten, gerne. Können wir Sie wirklich alleine lassen?"

„Ja, ich komm schon klar."

„Sollen wir Ihre Eltern holen?"

„Nein."

Als Viktoria und Werner draußen waren, weinte Julian bittere Tränen. Er dachte an Noah und an die vielen Stunden, die sie gemeinsam verbracht hatten. Noah war mehr als nur ein Freund, er war wie ein Bruder für ihn. Ihm konnte er alles anvertrauen, er verstand ihn blind. Jetzt war er nicht mehr da. Wie sollte er ohne ihn weiterleben?

„Wir mussten Ihrem Sohn sagen, dass Noah tot ist."

„Ich muss sofort zu meinem Sohn, er braucht mich." Roswitha Brechtinger sprang sofort auf.

„Er möchte allein sein. Bitte geben Sie ihm Zeit, damit klarzukommen."

„Das verstehen wir. Aber wir sind auch seine Eltern und müssen für ihn da sein", sagte Roswitha und betrat das Krankenzimmer. Markus zögerte und das war auch gut so. Nur eine Minute später kam seine Frau wieder zu ihm und sah ihn verstört an. „Julian hat mich rausgeschmissen. Er sagt, dass er allein sein will. Ich wollte ihm nur beistehen, ich bin doch seine Mutter."

„Julian ist erwachsen und weiß am besten, was gut für ihn ist und wie er mit dieser schrecklichen Nachricht umgeht."

„Ich bin seine Mutter! Und nur ich weiß, was gut für ihn ist!" Roswitha Brechtinger fühlte sich zurückgestoßen und sah ihren Mann hilfesuchend an.

„Bitte respektiere den Wunsch deines Sohnes, das mache ich auch."

Roswitha jammerte und weinte, dabei machte sie ihrem Mann wieder Vorwürfe.

„Ich bitte Sie, Frau Brechtinger, Ihr Mann kann doch nichts dafür", versuchte Viktoria, die Wogen zu glätten.

„Halten Sie sich gefälligst raus, das geht Sie überhaupt nichts an! Das ist eine Sache zwischen meinem Mann und mir."

Viktoria und Werner gingen, sie ließen Markus Brechtinger in dieser Situation, in der sie nicht um alles in der Welt selbst stecken wollten, alleine.

„Diese Brechtinger ist echt ätzend", sagte Viktoria angewidert.

„Bin ich froh, dass ich eine liebevolle Frau zuhause habe," sagte Werner, der nicht in der Haut Markus Brechtinger stecken wollte.

Viktoria und Werner informierten den Arzt über die Fässer und Kanister.

„Wir wissen noch nicht, was sich darin befand."

„Halten Sie mich auf dem Laufenden." Der Arzt wirkte besorgt. Unbekannte Substanzen waren immer ein Grund zur Sorge, zum Glück kam das nicht oft vor.

„Wir mussten den Patienten über den Tod seines besten Freundes aufklären. Ich fürchte, dass ihn das psychisch sehr mitnimmt."

„Ich werde den Seelsorger informieren, er wird sich mit dem Patienten in Verbindung setzen."

Roswitha Brechtinger wurde immer lauter. Die Vorwürfe rissen nicht ab, dafür wurde die Ausdrucksweise immer derber. Da ihr Mann keinen Ton sagte, wurde sie immer wütender. Markus hörte tatsächlich nicht zu. Und es war ihm gleichgültig, dass sie von anderen angestarrt wurden. Er dachte an etwas anderes, das ihm Hoffnung gab. Julian hatte sich endlich gegen seine dominante Mutter aufgelehnt, was ihn stark beeindruckte. War es nicht endlich an der Zeit, dass auch er den Mut dazu fand?

Ein Arzt wies Roswitha Brechtinger zurecht. Die Schwestern hatten sich nicht getraut, da sie sich vor der Frau fürchteten. Roswitha stritt jetzt mit dem Arzt. Markus hatte genug. Er stand auf und ging.

„Wo gehst du hin? Bleib gefälligst hier!"

Markus antwortete nicht und drehte sich nicht einmal mehr um. Er war an einem Punkt angekommen, an dem er die Stimme seiner Frau nicht mehr ertragen konnte. Er setzte sich in seinen Wagen und fuhr los. Im Rückspiegel sah er seine Frau, wie sie hinter ihm herlief, aber das war ihm egal.

Auf dem Parkplatz der Burghauser Burg stellte er den Wagen ab und ging zu Fuß über die Burganlage. Hier war viel los, aber das störte ihn nicht. Die fröhlichen Menschen, die begeistert von dem Bauwerk und der fantastischen Aussicht waren, taten ihm gut. Wann war er zum letzten Mal so glücklich und unbeschwert gewesen? Er konnte sich nicht mehr daran erinnern.

Julian lebte und war bei guter Gesundheit, das allein war wichtig. Und jetzt war es an der Zeit, seinen Plan in die Tat umzusetzen. Er musste sein Leben grundlegend ändern.

GIERSCHLUND

Je länger er ging, desto besser fühlte er sich. Er hatte einen Entschluss gefasst – und an dem wollte er festhalten.

11.

Hofberger war eingeschlafen. Wie viel Zeit war vergangen? Seit wann war er hier? Er hatte Durst und fühlte abermals Panik in sich aufsteigen. Der Typ ließ ihn hier elendig verrecken. Wäre er doch niemals auf den Deal mit dieser unmenschlichen Drecksau eingegangen. Hofberger schrie und weinte. Das war es also, das war das Ende seines elenden Lebens, das er nur mit Arbeit verbracht hatte. Er gab allen die Schuld an seinem Schicksal, nur sich selbst nicht.

Irgendwann hörte er ein Geräusch.

„Hilfe! Hilfe!", schrie er laut.

„Halt den Mund, hier hört dich keiner. Ich war in deinem Haus, Hofberger. Ich habe nach Spuren gesucht, die auf mich hinführen könnten. Dazu gehört dein Handy, das ich an mich genommen habe. Sonst habe ich nichts gefunden. Gibt es etwas, das mich verraten könnte?"

„Bitte gib mir etwas zu trinken, ich verdurste."

„So schnell verdurstet man nicht. Aber keine Sorge, ich gebe dir nachher etwas zu trinken, ich bin schließlich kein Unmensch. Ich wiederhole meine Frage: Gibt es Spuren, die auf mich führen könnten? Hast du Fotos gemacht? Oder gibt es Notizen, die du verbotenerweise gemacht hast?"

„Welche Notizen soll ich gemacht haben?"

„Vielleicht hast du dir ein Kfz-Kennzeichen eines Transporters notiert? Vielleicht warst du neugierig, was die Fässer und Kanister anbelangt? Ich habe mit meinem Kontaktmann gesprochen. Er sagte, dass du sehr neugierig warst."

„Das stimmt nicht, ich schwöre!"

„Weißt du, was mich stutzig macht? Ich gebe dir die Möglichkeit, ehrlich zu mir zu sein und du lügst mich an."

„Ich lüge nicht!"

„Falsche Antwort!"

Hofberger bekam einen Schlag ins Gesicht. Und dann noch einen. Kurz vor dem nächsten Schlag klingelte ein Handy.

Der Mann ging nach draußen, um zu telefonieren. Hofberger schrie und weinte, seine Lage war aussichtslos. Sollte er dem Mann die Wahrheit sagen? Sollte er diesem brutalen Schläger gegenüber zugeben, dass er Vereinbarungen gebrochen hatte, indem er ausnahmslos alle Kennzeichen der Transporter notiert hatte, sowie jede Menge Fotos von den Fahrern und von der Ladung gemacht hatte?

Hofberger wurde still. Der Art nach, mit der der Mann seine Fragen stellte, wusste er es vermutlich. Er hatte keine andere Wahl, als alles zuzugeben. Nervös wartete er darauf, dass der Mann endlich wieder zurückkam, damit er alles beichten konnte. Aber nichts geschah.

Irgendwann kapierte Hoferberger, dass der Mann längst weg war.

12.

„Was soll der Mist, dass du deine Firmenanteile verkaufen willst?" Jochen Müller fuhr nach der telefonischen Nachricht sofort in die Firma. Er musste seinen Freund Markus von dieser verrückten Idee abbringen. Was sollte er ohne ihn machen? Und wer sollte die Firmenanteile kaufen?

„Jochen! Wie schön, dass du gleich kommen konntest. Hast du schon gehört, dass Julian gefunden wurde? Ihm geht es den Umständen entsprechend gut, er wird wieder ganz gesund werden. Es stehen noch einige Tests wegen des Giftes aus, aber die werden ganz sicher gut ausfallen."

„Ich habe von Julian gehört, die Nachricht läuft sogar im Radio. Von welchem Gift sprichst du?"

„Die Polizei rief mich vorhin an. Julian kam vermutlich mit giftigen Substanzen in Berührung. Er fiel in ein Loch, in dem irgendein Gift gelagert wurde, mehr weiß ich auch nicht."

„Du meine Güte! Es ist schrecklich, was mit Julian passiert ist. Ich hoffe, er kommt damit klar und wird wieder ganz gesund." Markus ging auf seinen Kompagnon zu und klopfte ihm auf die Schulter.

„Mach dir bitte keine Sorgen, Jochen. Julian sieht blendend aus, er wird es schaffen. Der Tod seines besten Freundes macht ihm zu schaffen, er hat es vorhin von der Polizei erfahren. Ich werde mich um ihn kümmern und dafür sorgen, dass er wieder der fröhliche Junge wird, der er war."

GIERSCHLUND

Jochen Müller beobachtete, wie Markus seinen Schreibtisch ausräumte.

„Was machst du da?"

„Wonach sieht es aus? Ich höre auf, das habe ich dir doch gesagt."

„Warum die Eile? Bis der Verkauf deines Anteils über die Bühne ist, vergehen sicher Monate."

„Ich hoffte, dass du die Firma haben willst. Für meinen Anteil mache ich dir einen guten Preis. Wegen der Zahlungsmodalitäten werden wir uns einig werden, dabei komme ich dir gerne entgegen. Ich habe keine Lust mehr, für mich ist heute Schluss."

„Ich soll die Firma alleine führen und leiten?"

„Du schaffst das, Jochen, da bin ich mir ganz sicher. Du hast den richtigen Biss dafür. Du bist ein Kämpfer, du wirst es noch weit bringen. Ich habe dich in den ganzen Jahren beobachtet und habe deinen Ehrgeiz immer bewundert. Als ich in deinem Alter war, war ich noch lange nicht so weit. Ich schlage vor, dass wir über unsere Anwälte einen Vertrag aufsetzen. Mir ist klar, dass das alles sehr überraschend für dich kommt und du darüber nachdenken musst. Lass dir Zeit, es eilt nicht. Ruf mich an, sobald du einen Vorschlag hast, meine Handynummer hast du ja. Solltest du mich nicht erreichen, wende dich an meinen Anwalt. Viel Glück mein Freund, du wirst mir fehlen." Markus umarmte den Mann, dann nahm er den Karton lachend unter den Arm. „Jetzt zieh doch nicht so ein Gesicht, Jochen. Ich habe die Schnauze voll. Ich will auch noch etwas vom Leben haben und dieses Leben beginnt heute. Wünsch mir Glück."

„Aber…" Weiter kam Jochen nicht. Er konnte seinem Chef und Freund nur noch hinterhersehen, wie der in seinen Wagen stieg und davonfuhr.

Markus Brechtinger fuhr pfeifend nach Hause. Seine Laune war hervorragend, als er das Haus betrat. Und an dieser Laune änderte auch seine Frau nichts, die ihn bereits erwartete. Sie machte ihm bezüglich seines Verhaltens im Krankenhaus Vorwürfe, aber Markus lächelte sie nur an und ging weiter. Sein Weg führte ihn ins Schlafzimmer. Dort nahm er einen Koffer und eine Reisetasche – und begann zu packen.

„Was hast du vor? Du willst doch jetzt nicht auf Geschäftsreise gehen? Jetzt, wo unser Julian wieder da ist und er dich braucht." Wieder hagelte es Vorwürfe, die alle an Markus abprallten. Er packte einfach weiter, schloss den Koffer und die Reisetasche. Er ging nach unten, ohne ein Wort zu sagen.

„Du bleibst auf der Stelle stehen! Wo willst du hin? Und wann gedenkst du, wieder zu kommen? Gib es zu! Du willst deine Hure treffen! Sprich endlich mit mir!"

„Ich gehe – und zwar für immer."

„Das wagst du nicht! Wenn du jetzt durch diese Tür gehst, ist alles vorbei. Auch die Firma wirst du verlieren. Das Firmengebäude gehört mir, ich werde dich und deine verschissene Baufirma einfach auf die Straße setzen."

„Tu, was du nicht lassen kannst, das ist jetzt nicht mehr mein Problem. Wende dich wegen der Firma an Jochen, ihm werde ich meinen Anteil verkaufen. Leb wohl!"

GIERSCHLUND

„Aber…" Seit langer Zeit war Roswitha Brechtinger zum ersten Mal sprachlos. Sie konnte nur noch zusehen, wie ihr Mann davonfuhr.

Jochen Müller musste sich setzen. Mit einem Schlag war er am Ziel seiner Wünsche angekommen, und zwar schneller, als er jemals gedacht hatte. Nicht mehr lange und er war alleiniger Besitzer einer gutgehenden Baufirma. Das war schon seit Jahren sein Traum gewesen. Dafür hatte er hart gearbeitet und jeden Cent zur Seite gelegt. Was wohl seine tyrannischen und lieblosen Eltern dazu sagen würden, die nie an ihn geglaubt hatten und ihn demütigten, wo sie nur konnten? Seine Mutter war längst tot, aber seinem Vater würde er gerne seinen Erfolg unter die Nase reiben.

Je länger Jochen darüber nachdachte, desto mehr freute er sich über das, was ihm quasi vor die Füße gelegt wurde. Was für ein schöner Tag!

13.

„Markus?" Bettina Geiger erschrak, als sie die Nummer auf dem Display erkannte. Warum rief er an? Sie hatten doch vereinbart, jeglichen Kontakt zu vermeiden. Sie wusste, dass Roswitha die Anrufe ihres Mannes kontrollierte. Und wenn ihr Mann mitbekäme, dass Markus angerufen hat, wäre er sicher nicht erfreut darüber.

„Ja, Liebes, ich bin es. Du hast gehört, dass Julian lebt?"

„Ja. Ich habe sofort Alexander angerufen und ihm die Neuigkeit mitgeteilt. Ich freue mich sehr, vor allem für dich. Ich weiß, dass du dir große Sorgen gemacht hast."

„Ab heute beginnt für mich ein neues Leben. Ich werde meine Firmenanteile verkaufen, meinen Schreibtisch habe ich bereits ausgeräumt. Ich habe mich von meiner Frau getrennt, zuhause bin ich bereits ausgezogen. Ich bin sozusagen obdachlos." Markus klang fröhlich und lachte, was sich sofort auf Bettina übertrug. „Ich suche nach einem neuen Zuhause, wo ich tun und lassen kann, was ich will und wo ich mich intensiv um Julian kümmern kann, er soll die beste Unterstützung bekommen. Wie sieht es aus, Bettina? Willst du mich begleiten?"

„Bist du verrückt geworden?"

„Mag sein. Aber ich fühle mich großartig und spüre, dass das genau der richtige Weg ist. Willst du an meiner Seite sein? Ich würde mich sehr freuen."

Bettina brauchte nicht lange, um sich zu entscheiden. Da Noah nicht mehr lebte, hatte sie keinen Grund mehr, noch länger zu bleiben.

„Ja, das möchte ich."

„Dann pack rasch die nötigsten Dinge ein, in zwanzig Minuten bin ich bei dir."

„Du bist wirklich verrückt." Bettina lachte, zum ersten Mal seit Tagen.

„Bis gleich, meine Schöne."

Als Alexander Geiger die Nachricht hörte, dass Julian lebend gefunden wurde, fiel ihm ein Stein vom Herzen. Sofort fuhr er nach Hause, um mit seiner Frau ausführlich zu sprechen. Er musste jedes kleine Detail erfahren, zumal davon auch sein eigenes Schicksal abhing. Was hatte der Junge gesehen? War jetzt alles aus?

Alexander fuhr auf das Haus zu und musste zusehen, wie seine Frau und sein Erzfeind Markus Brechtinger an dessen Wagen standen und sich küssten. In aller Öffentlichkeit! Er wurde wütend. Trotz der Beteuerungen seiner Frau war die Affäre also immer noch nicht beendet.

Er stieg aus, ging auf Markus zu und versuchte, ihn zu schlagen.

Markus war ihm körperlich haushoch überlegen und fing den Schlag ab, dabei sagte er kein Wort.

„Was ist hier los?", schrie er seine Frau an. Sofort gingen einige Fenster in der Nachbarschaft auf, was ihn im Moment nicht interessierte.

„Ich verlasse dich. Unsere Ehe hat doch schon lange keinen Sinn mehr. Ich bin nur wegen Noah bei dir geblieben."

„Warum willst du gehen? Habe ich nicht alles für dich getan? Hast du nicht ein Luxusleben, um das dich alle beneiden? Die vielen Urlaube und der ganze Schnickschnack waren mir doch nie wichtig. Das war alles für dich, damit du dich wohl fühlst."

„Mir waren die Urlaube ein Graus. Das Leben an deiner Seite war langweilig und kalt. Du sagst, dass der Luxus nur für mich war? Hast du mich je gefragt, was ich will? Nein, es ging nie um mich, sondern immer nur um dich und dein Ansehen in der Gesellschaft. Du liebst es, im Mittelpunkt zu stehen und bewundert zu werden. Leb wohl, Alexander."

„Du kannst nicht gehen, dafür habe ich zu viel riskiert."

„Was soll das heißen?"

„Denkst du wirklich, dass wir unseren Luxus allein mit unseren Geschäften finanziert haben? Ich habe illegale Geschäfte gemacht und die Buchhaltung frisiert. Und dafür gab es jede Menge Geld. Und dafür musste unser Sohn sterben." Alexander merkte nicht, dass er sich verraten hatte. Seine Frau verstand kein Wort, aber Markus wurde hellhörig, der sich aus der Auseinandersetzung eigentlich heraushalten wollte.

„Was hast du gemacht? Hast du etwas mit diesen Giftfässern zu tun?"

Alexander starrte Markus an. Jetzt begriff er, was er getan hatte. Er hatte sich hinreißen lassen und einen Satz zu viel gesagt. Und das nur, um seine Frau zu halten. Er musste hier weg und in Ruhe überlegen, was zu tun war. Markus war nicht dumm, er hatte verstanden.

„Hiergeblieben!" Markus packte den Mann am Kragen und hielt ihn fest. „Was hast du mit diesen Giftfässern zu tun?"

„Das stimmt doch nicht, Alexander! Du hast damit doch nichts zu tun! Los! Sag, dass du damit nichts zu tun hast!", schrie Bettina Geiger ihren Mann an.

„Ich wollte das alles nicht, bitte glaub mir", flehte Alexander seine Frau an. „Man machte mir in Bulgarien einen Vorschlag für einen lukrativen Nebenverdienst, den ich nicht ablehnen konnte. Mir wurde viel Geld für wenig Arbeit geboten und ich habe zugegriffen. Das Angebot war einfach zu verlockend."

„Was hast du getan? Von welchem Angebot sprichst du?"

„Zusammen mit den Schuhlieferungen wurden Fässer und Kanister geliefert, die ich mit Hilfe eines Landwirtes entsorgt habe."

„Du hast dieses Giftzeugs vergraben lassen?" Markus war fassungslos.

„Da konnte nichts passieren, alle Behältnisse waren absolut dicht verschlossen, davon habe ich mich zu Beginn der Zusammenarbeit persönlich überzeugt. Die Entsorgung in Bulgarien kostet für solche Stoffe sehr viel Geld und wird streng kontrolliert. Die Sache war sicher, für alle. Ich konnte nicht ahnen, dass sich Noah und Julian gerade dieses Stück heraussuchen, um mit ihren dämlichen Mofas dort herumzufahren. Ich vermute, dass Noah die Landkarte sah, die auf meinem Schreibtisch lag. Eine unverfängliche Landkarte, auf der das Grundstück eingezeichnet war. Ich hatte sie nur zwei oder drei Tage dort liegen. Als ich meinen Fehler bemerkte, war es offensichtlich zu spät, Noah hatte genau das Stück herausgesucht. Es wäre überhaupt nichts passiert, wenn der Landwirt nicht einen Fehler gemacht hätte. Er hatte vergessen, das Loch nach der letzten Lieferung zuzuschütten."

„Das Loch, in das Julian gefallen ist?"

„Ja. Und das tut mir schrecklich leid, das wollte ich nicht, das müsst ihr mir glauben."

„Wie ist das mit Noah passiert?"

„Der Landwirt war sich sicher, dass Noah gesehen hatte, was sich in dem Loch befand, Julian hatte er überhaupt nicht bemerkt. Er fuhr Noah hinterher und hat ihn überfahren. Er war in Panik - was nicht heißt, dass ich das entschuldigen möchte. Er hat Noah getötet, nicht ich. Ja, ich bin ein Schwein, was dieses Gift anbelangt, aber ich bin kein Mörder."

Markus war wütend und hätte den Typen am liebsten verprügelt, aber Bettina hielt ihn zurück.

„Lass gut sein, Markus, das ist er nicht wert. Sieh dich um, hier sind zu viele Zeugen. Für einen Neuanfang ist das kein guter Start. Ich rufe die Polizei. Es ist deren Aufgabe, sich um ihn zu kümmern."

„Du willst mich doch nicht wirklich der Polizei ausliefern? Ich flehe dich an, Bettina, tu das nicht."

„Halt den Mund!", sagte Markus, der den kleineren und schwächeren Mann immer noch fest im Griff hatte. „Wenn sie die Polizei nicht ruft, dann mach ich es."

Es dauerte nicht lange, und die Kriminalpolizei war vor Ort. Sie nahmen die Aussagen auf und fuhren los.

Markus nahm Bettina in die Arme. Sie weinte hemmungslos.

„Ich hätte ihm eine runterhauen sollen", sagte sie schluchzend.

„Du hast dich prima verhalten, ich bin stolz auf dich. Allerdings möchte ich nicht in Alexanders Haut stecken. Wenn Roswitha erfährt, was er getan hat, dass er an Julians Unglück mitschuldig ist, trifft ihn ihr ganzer Zorn. Wenn Roswitha so richtig sauer ist, kann sie zur Furie werden."

Jetzt musste Bettina lachen. Normalerweise hätte sie jedem Mitleid, den Roswitha in der Zange hatte, aber ihrem Noch-Mann gönnte sie dieses Vergnügen.

Alexander Geiger blickte sich um. Er sah seine Frau in den Armen seines Feindes. Er hatte alles verloren.

Schuld an allem gab er allein Hofberger, der immer noch in seinem Versteck saß. Soll er doch dort elendig verrotten.

14.

Alexander Geiger gab alles zu. Über jedes kleine Detail gab er Auskunft. Die schmutzigen Geschäfte mit den Plagiaten und die Knebelverträge schilderte er im Detail. Man spürte, dass er sogar stolz darauf war. Was die Lieferungen und seinen bulgarischen Kontaktmann betraf, war er sehr gesprächig. Er nannte Namen und Adresse seines Kontaktmannes, was an die bulgarischen Kollegen weitergegeben wurde. Warum hätte er schweigen sollen? Er hatte zu oft mit seinem Kontaktmann telefoniert. Irgendwann würde ihm die Polizei sowieso auf die Spur kommen. Sein Anwalt hatte ihm zu einer uneingeschränkten Kooperation geraten und daran hielt er sich. Er tat alles, um seine eigene Strafe zu mildern. Geiger beschrieb mehrfach den Tathergang, wie er ihn von Hofberger erfahren hatte, wobei er stets darauf achtete, ihm die Schuld in die Schuhe zu schieben. Bezüglich des Aufenthaltes von Hofberger gab er an, dass er nicht wisse, wo er sei. Das war der einzige Punkt, an dem er nicht die Wahrheit sagte. Warum auch nicht? Hofberger hatte ihm alles versaut und sollte dafür büßen.

Die Polizisten spürte Geigers Hass auf Hofberger. Konnten sie seinen Worten glauben, was ihn betraf?

„Ich habe Geigers Handy überprüft", sagte Fuchs. „Er war in den letzten Stunden vor seiner Festnahme und auch am Tag zuvor in Burgkirchen eingeloggt. Er muss sich dort aufgehalten haben."

„Seine Frau sagte aus, dass sie ihn angerufen hatte, um ihm die Neuigkeit bezüglich Julian zu berichten. Sollen wir nach Hofberger in Burgkirchen suchen?"

„Vielleicht liegen wir völlig falsch und Geiger war nicht mit Hofberger zusammen."

„Angenommen, die beiden waren zusammen. Wo sollen wir suchen?"

„Keine Ahnung. Hier in diesem Radius muss sich Geiger aufgehalten haben, mehr kann ich dazu nicht sagen."

Leo rief Bettina Geiger an und erklärte ihr, worum es ging.

„Burgkirchen? Das sagt mir nichts. Es tut mir leid, ich kann ihnen nicht weiterhelfen."

„Herr Brechtinger auch nicht?"

„Er hat das Gespräch mitangehört und schüttelt den Kopf. Es tut mir leid, Herr Schwartz. Ich drücke Ihnen die Daumen, dass Sie den Mann finden. Schon allein deshalb, damit er wegen des Mordes an meinem Sohn zur Rechenschaft gezogen wird."

„Vielleicht sagt Ihr Mann auch die Wahrheit und der Landwirt ist bereits über alle Berge."

Hofberger saß in der Falle. Die Fesseln waren fest, da kam er nicht raus. So laut er auch rief, niemand schien ihn zu hören. Seine Stimme wurde heiser und immer leiser. Ob ihn überhaupt jemand hören würde, wenn er in der Nähe wäre?

Wo, zum Teufel, war er eigentlich? Seine Augen waren blickdicht verbunden. Er konnte noch nicht einmal sagen, ob es Tag oder Nacht war. Der Durst wurde immer unerträglicher. Dass er sich mehrfach eingepinkelt hatte, interessierte ihn schon lange nicht mehr.

Wo war der Mann, der ihm das angetan hat? Warum kam er nicht zurück?

Alexander Geiger wurde abgeführt, sein Anwalt wich nicht von seiner Seite. Geiger war vermögend, das war sicher einer der Gründe für dessen Verhalten.

Staatsanwalt Eberwein betrat mit einem Mitarbeiter aufgeregt Krohmers Büro. Als Krohmer ihn über den aktuellen Ermittlungsstand informieren wollte, unterbrach ihn Eberwein.

„Ich habe etwas gefunden, das Sie schockieren wird. Die Geigers lassen bei einer Firma in Bulgarien Plagiate produzieren, die sie in ihren Geschäften als hochwertige

Markenware verkaufen."

„Das wissen wir bereits."

„Wissen Sie auch, dass viele der Rechnungen fingiert sind? Dass Ein- und Verkäufe deklariert wurden, die so niemals stattgefunden haben? Dafür wurden echte Rechnungen der bulgarischen Firma vernichtet. Wir haben um Amtshilfe bei den bulgarischen Kollegen gebeten, die unsere Vermutung bestätigt haben." Eberwein war aufgeregt, denn mit solch einem Ausmaß hatte er nicht gerechnet. Erwartungsvoll sah er Krohmer an.

„Auch das wissen wir bereits, Herr Eberwein. Wir haben Geiger festgenommen. Er hat ein umfassendes Geständnis abgelegt, wobei er die Details seiner dubiosen Geschäfte freimütig zugegeben hat. Die aufwändigen Prüfungen, die ich bezüglich der Markenschuhe angeordnet habe, wurden bereits gestoppt."

„Und Sie sind nicht auf die Idee gekommen, mich dahingehend zu informieren?" Eberwein war sauer.

„Das wollte ich ja machen, aber Sie haben mich nicht aussprechen lassen. Geiger wurde heute festgenommen, die Vernehmung wurde vor zwanzig Minuten beendet. Die Vernehmung und Ihre Recherche haben sich überschnitten."

„Donnerwetter! Hat er etwa seinen eigenen Sohn umgebracht?"

„Das bestreitet er. Er sagte aus, dass das der Landwirt Hofberger war, mit dem er gemeinsam Giftmüll aus Bulgarien entsorgt hatte." Krohmer berichtete ausführlich.

„Illegale Giftmüllentsorgung in unserer schönen Heimat? Pfui Teufel! Ich werde dafür sorgen, dass beide die volle Härte der Justiz trifft. Gute Arbeit, Herr Krohmer. Einen Mord und eine illegale Giftmüllentsorgung in nur drei Tagen aufzuklären ist überaus respektabel. Ich werde sofort die Presse informieren."

„Ich halte das für verfrüht. Wir haben Hofberger noch nicht gefunden."

„Dann beeilen Sie sich, dass ich nicht dumm dastehe, wenn dahingehend Fragen gestellt werden. Ich verlasse mich auf Sie. Ich glaube jedoch nicht, dass der Landwirt im Zentrum des Interesses stehen wird. Man wird sich auf diese illegale Giftmüllentsorgung stürzen."

Eberwein war nicht aufzuhalten. Nicht mehr lange, und die frohe Botschaft machte die Runde. Allerdings mit dem kleinen Wehrmutstropfen, dass der Mörder noch nicht gefunden war. Vorhin war Krohmer noch zufrieden gewesen, jetzt hatte er Bauchschmerzen. Hoffentlich ging die in seinen Augen völlig verfrühte Pressekonferenz nicht nach hinten los.

Die Fahndung nach Hofberger lief auf vollen Touren. Eberwein hatte es geschafft, eine Pressekonferenz für achtzehn Uhr anzusetzen. Das war für die Presse gerade noch früh genug, um den entsprechenden Artikel in der morgigen Ausgabe zu platzieren.

15.

Hofberger war am Ende. Trotzdem wollte er noch nicht aufgeben und rief immer wieder um Hilfe. Was blieb ihm anderes übrig? Die Rufe waren sehr leise, aber er betete inständig, dass ihn doch jemand hörte. Diesen Tod hatte er nicht verdient. Hier elendig zu verrecken hatte niemand verdient.

Irgendwann spürte er etwas in seinem Gesicht. Er brauchte lange, um zu begreifen, dass er nicht träumte. Was war das?

„Bertl! Beeeertl! Hiiiiiier! Schau, dass du herkommst!"

Die Stimme kam immer näher. Das in seinem Gesicht war eine Zunge! Hofberger konnte sein Glück kaum fassen und fing an, hysterisch zu lachen. Er rief so laut er konnte.

„Hilfe! Hilfe! Hierher!"

Es wurde an der Tür gerüttelt, die verschlossen war.

Karl Eberhardt hatte deutliche Hilfe-Rufe gehört.

„Hallo? Ist da jemand?"

„Ja! Hilfe!", rief Hofberger, so laut er konnte.

„Ist mein Hund bei Ihnen?", rief Karl Eberhardt durch die verschlossene Tür.

„Ja!"

„Warten Sie, ich hole Hilfe."

Es wimmelte von Polizisten, dazwischen stand ein Krankenwagen. Darin lag Hofberger, um den sich ein Arzt kümmerte.

„Wie sieht es aus? Kommt er durch?", fragte Hans.

„Ich denke schon."

„Sehr gut. Machen Sie alles, damit er wieder auf die Beine kommt. Der Mann ist ein Mörder. Außerdem hat er über Jahre auf seinem Grund illegal Giftmüll entsorgt. Wir wollen doch, dass er die Verhandlung durchsteht und die ihm zustehende Strafe lange und in bester Gesundheit genießen kann."

Leo nahm Eberhardts Aussage auf, der sehr stolz auf seinen Hund war.

„Das mit dem Gift auf Hofbergers Grund hat in Burgkirchen schnell die Runde gemacht."

„Woher kamen die Informationen? Wir haben kein Wort freigegeben."

„Ich bitte Sie, Herr Schwartz! Die vielen Fahrzeuge mit deutlicher Aufschrift und die vielen Menschen in Schutzanzügen? Das hat sich in Burgkirchen rasend schnell herumgesprochen. Es gab nicht wenige, die in sicherer Entfernung beobachteten, was auf Hofbergers Acker vor sich ging. Ich habe vorerst lieber auf meine gewohnte Hunderunde verzichtet und ging einen neuen Weg. Mein Bertl ist mit dem Schnuppern überhaupt nicht mehr fertig geworden, alles war für ihn neu und aufregend. Dann ist er einfach ausgebüchst, der Schlawiner. Natürlich bin ich ihm hinterher. Ich bin auf die alte Hütte gestoßen, die man vom Weg aus nicht sehen kann. Zuerst war ich sauer, als ich sah, wie mein Bertl durch die kleine Öffnung in der Seitenwand darin verschwand. Nie im Leben hätte ich damit gerechnet, dass der riesige Kerl da durchpasst. Aber mein Bertl hat es geschafft. Er muss die Rufe des Mannes noch lange vor mir gehört haben, er ist ein wahrer Held."

„Ja, er ist ein ganz Braver. Dafür hat er sich eine dicke Wurst verdient."

„Selbstverständlich bekommt mein kleiner Stinker eine dicke Belohnung. Dass er gerade diesen Kotzbrocken Hofberger gefunden hat, ist eine Ironie des Schicksals. Ich denke, dass Hofberger jetzt seine Einstellung Hunden gegenüber grundlegend ändert. Ohne meinen Bertl hätte er das vermutlich nicht überlebt. Wem gehört die alte Hütte eigentlich? Doch nicht etwa Hofberger selbst?"

„Ich hatte noch keine Gelegenheit, ihn zu fragen."

Hans konnte endlich mit Hofberger sprechen. Er war so weit stabil und der Arzt gab sein Okay.

„Wer hat Sie eingesperrt? Geiger?"

„Keine Ahnung wie der Mann heißt."

„Es muss Alexander Geiger sein, er hat die illegale Giftmüllentsorgung zugegeben."

„Sie haben ihn?"

„Ja, wir konnten ihn verhaften."

„Sehr gut. Und er hat nicht gesagt, wo Sie mich finden?"

„Nein. Er sagte, dass er nicht wisse, wo Sie sind."

„Was für eine Drecksau! Der hätte mich doch glatt hier sterben lassen! Geiger sagten Sie? Der Name sagt mir nichts. Ich habe ihn nie gesehen, habe nur seine Stimme gehört. Es gab eine Stelle, an der er mir das Geld hinterließ. Nachrichten bekam ich über ein Handy, das er zu Beginn unserer Geschäftsbeziehung auch dort deponierte. Er hat es mir nach dem ganzen Schlamassel wieder abgenommen. Sehen Sie sich an, was er mit mir gemacht hat! Er hat mich gefesselt, in die Hütte gesteckt und dort verprügelt. Ich bekam nicht einen Schluck Wasser, was für ein Unmensch! Ich bin immer noch fix und fertig. Wenn der Hund nicht gekommen wäre, wäre ich elendig verreckt."

„Trotzdem werden Sie sich für Ihre Taten verantworten müssen, vor allem für den Mord an dem Jungen."

„Das war eine Kurzschlusshandlung, die ich bitter bereue, Sie müssen mir glauben. Ich wusste mir keinen anderen Ausweg. Selbstverständlich werde ich zu meiner Tat stehen. Das ist allemal besser, als langsam zu sterben. Sie können sich nicht vorstellen, wie schlimm es ist, hilflos darauf zu warten, langsam zu verrecken."

Karl Eberhardt ging mit seinem Bertl am Krankenwagen vorbei. Hofberger richtete sich mit aller Kraft auf.

„Vielen Dank", rief Hofberger so laut er konnte.

„Passt schon", sagte Eberhardt immer noch voller Stolz.

„Passen Sie gut auf den Bertl auf, das ist ein ganz Schlauer."

„Das werde ich tun."

Hofberger legte sich wieder zurück, er war sehr erschöpft.

„Hoppla. Da hat wohl jemand seine Liebe für Hunde entdeckt", lachte Hans.

„Wieso entdeckt? Ich hatte noch nie etwas gegen Hunde. Wie kommen Sie darauf?"

Hans und Leo waren die letzten, die noch an der alten Hütte standen. Sie hatten herausgefunden, dass diese schon lange leer stand. Sie gehörte einem Stefan Braun, einem Golffreund von Alexander Geiger.

„Geiger wusste, dass die Hütte nicht benutzt wurde. Ich bin gespannt, wie der Eigentümer auf die Nachricht reagiert. - Fahren wir?" Hans wollte weg. Alles, was Hofberger von sich gab, widerte ihn einfach nur an.

Sie fuhren schweigend.

„Was ist los mit dir, Leo? Was beschäftigt dich?"

„Ich bin immer wieder erschüttert, was manche Menschen für Geld so alles machen. Das ist einfach nur zum Kotzen."

„Ich muss dir beipflichten. Wenn man so etwas mitbekommt, kann man nur froh sein, dass man selbst nicht zu dieser Sorte Menschen gehört."

„Ja, das stimmt. Ich bin froh, dass ich kein Gierschlund bin und dass ich auch privat keinen kenne."

Die Pressekonferenz war in vollem Gange. Viele Fragen bezüglich des Mörders Hofberger prasselten auf Eberwein ein. Damit hatte er nicht gerechnet. Er hatte vermutet, dass sich die Presse auf den Giftmüll einschoss.

Krohmer stand in der Tür und machte sich bemerkbar. Er zeigte mit dem Daumen nach oben. Der Staatsanwalt war erleichtert.

„Hier ist auch schon Herr Krohmer, den Sie ja alle bestens kennen. Er kann Ihnen bezüglich des Mörders nähere Einzelheiten mitteilen."

Krohmer setzte sich neben Eberwein und beantwortete eine Frage nach der Anderen. Die Journalisten hingen an seinen Lippen.

„Großartig, Herr Krohmer. Auf die Berichterstattungen bin ich schon sehr gespannt. Sie kamen genau zur richtigen Zeit und haben mich gerettet. Wären Sie nicht gekommen, wäre ich ganz schön blöd dagestanden. Ich bin immer noch erstaunt darüber, dass ein Mörder offenbar wichtiger ist, als ein Giftmüllskandal in unserer idyllischen Heimat. Wie auch immer. Vielen Dank, Herr Krohmer. Wenn ich Ihnen einmal einen Gefallen tun kann, zögern Sie nicht und wenden sich gerne an mich. Natürlich nur, soweit es in meiner Macht steht."

„Da fällt mir tatsächlich etwas ein", sagte Krohmer und lächelte.

„Das hätte ich mir ja denken können. Raus mit der Sprache. Was kann ich für Sie tun?"

16.

Die Zeitungen überschlugen sich mit Lob bezüglich der Polizeiarbeit. Krohmer war zufrieden. Endlich gab es einmal positive Nachrichten. Diese Zeitungen musste er sich aufheben. Ob er sie sich auch rahmen sollte?

Als Friedrich Fuchs im Polizeipräsidium eintraf, waren die Kollegen der Mordkommission, sowie Rudolf Krohmer und seine Frau längst da. Alle entschuldigten sich beim Chef, da ihnen partout kein passendes Geschenk für Fuchs eingefallen war.

„Lassen Sie es gut sein", sagte Krohmer geheimnisvoll. „Ich hatte eine blendende Idee, die Ihnen gefallen wird."

Auch der Staatsanwalt war gekommen, der es sich nicht nehmen lassen wollte, Fuchs persönlich zu seinem Jubiläum zu gratulieren. Vor allem war er gespannt auf das Gesicht des Kollegen, wenn ihm das Geschenk präsentiert wurde.

Krohmer bat Fuchs ins Besprechungszimmer, das für den besonderen Anlass geschmückt wurde. Krohmers Frau hatte sich persönlich darum gekümmert. Sie hatte eine große Girlande angebracht, dazu gab es jede Menge Luftballons. Auf dem Tisch standen einige Flaschen Sekt, Gläser und Schnittchen.

Als Fuchs die Tür öffnete, erschrak er. Das Dienstjubiläum! Alle hatten daran gedacht, während er es am liebsten unter den Teppich kehren wollte. Er hasste es, im Mittelpunkt zu stehen und Glückwünsche für eine Sache entgegen zu nehmen, die für ihn nichts Besonderes war.

Alle gratulierten ihm, Krohmer und Eberwein hielten eine Rede. Wann war der Spuk endlich vorbei?

Fuchs bedankte sich brav, trank ein Schluck Sekt und wollte wieder gehen.

„Hiergeblieben! So schnell werden Sie uns nicht los. Wir haben noch eine Überraschung für Sie, schließlich ist Ihr Dienstjubiläum ein ganz Besonderes", sagte Eberwein.

„Das ist nicht nötig, ich brauche kein Geschenk."

„Niemand braucht Geschenke. Wir wollen Ihnen eine Freude machen. Keine Sorge, Kollege Fuchs, wir sind sicher, dass Sie sich über das Geschenk freuen werden."

„Das bezweifle ich", murmelte Fuchs, dem das alles immer unangenehmer wurde.

Krohmer sah aus dem Fenster und lächelte. Das Geschenk stand parat, es konnte losgehen.

„Wissen Sie was, Kollege Fuchs? Kommen Sie einfach mit und lassen Sie sich überraschen. Ihr Geschenk ist bereits eingetroffen."

„Ich hasse Überraschungen."

„Diese wird Ihnen gefallen, glauben Sie mir."

Vor der Tür stand ein Auto der Polizei mit einem Anhänger, über den ein Tuch gelegt wurde.

„Das ist Ihr Geschenk. Bitte schön, packen Sie es aus, wenn man das so sagen kann." Eberwein war aufgeregt. Wie würde der sonst so mürrische und oft schweigsame Fuchs reagieren?

Widerwillig zog Fuchs an dem Tuch. Darunter kam ein Lloyd 300 zum Vorschein, den alle gut kannten.

„Ist das nicht Hofbergers Lloyd?"

„Nein, das ist jetzt offiziell Ihrer. Hier sind die Papiere."

„Sie schenken mir einen Lloyd? Sind Sie verrückt geworden? Das kann ich niemals annehmen."

„Doch, das können Sie. Das Geschenk ist bereits vom Innenministerium abgesegnet worden. Wenn Sie den Wagen nicht haben wollen, dann ist das Ihre Entscheidung. In diesem Fall fahren wir den Oldtimer direkt auf den Schrottplatz."

„Niemals! Unter diesen Umständen werde ich ihn selbstverständlich behalten. Mir fehlen die Worte. Ich weiß nicht, wie ich Ihnen danken soll. Danke, danke, danke." Waren das Freudentränen, die Fuchs übers Gesicht liefen, während er immer wieder um den Wagen ging und sich endlich getraute, sich hineinzusetzen?

„Wie haben Sie das gemacht, Herr Eberwein?", wollte nicht nur Hans wissen.

„Herr Krohmer hat mich gestern gebeten, mich darum zu kümmern. Das Budget für das Geschenk wusste ich bereits, allerdings wusste ich noch nicht, was Hofberger für seinen Wagen haben möchte. Also fuhr ich ins Krankenhaus. Hofberger hatte keine Ahnung, welchen Wert der Wagen hat. Er wollte ihn mir sogar schenken, aber Geschenke dürfen wir als Beamte nicht annehmen. Hofberger hatte sowieso vor, den Wagen zu verschrotten, da er unangenehme

Erinnerungen damit verband. Ich habe ihm das volle Budget von dreihundert Euro übergeben, worüber er sehr dankbar war. Alles lief sauber und legal ab."

„Hätten Sie Hofberger nicht über den wahren Wert informieren müssen?"

„Nein, das denke ich nicht. Ich bin kein Kenner. Woher sollte ich wissen, wie hoch der Wert tatsächlich ist?"

„Wenn man es genau nimmt, haben Sie den Mann beschissen."

„Es kommt darauf an, aus welchem Blickwinkel man die Sache betrachtet. Der Wagen wäre über kurz oder lang auf dem Schrott gelandet, außerdem wollte Hofberger nichts für den Wagen haben. Ich gab ihm das volle Budget, das für ein zwanzigjähriges Dienstjubiläum vorgesehen ist. Ich fand, das war sehr großzügig von mir."

Lightning Source UK Ltd.
Milton Keynes UK
UKHW011123161121
394065UK00003B/347